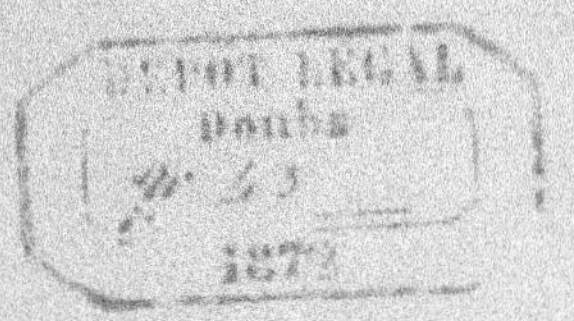

SANS TITRE

BESANÇON

IMPRIMERIE ET LITHOGRAPHIE VEUVE VALLUET ET FILS
23, Rue de Glères, 23

1872

Dès que l'impression fait éclore un poëte,
Il est esclave né de quiconque l'achète ;
Il se soumet lui-même aux caprices d'autrui
Et ses écrits tous seuls doivent parler pour lui.

Un auteur à genoux dans une humble préface,
Au lecteur qu'il ennuie a beau demander grâce ;
Il ne gagnera rien sur ce juge irrité
Qui lui fait son procès de pleine autorité.

(Boileau, Sat. IX.)

A MA COUSINE

Pourquoi vouloir, belle cousine,
Dès l'aurore, chaque matin,
Aux verts tapis de la colline
De vos pieds mouiller le satin ?

Pourquoi réveiller l'alouette
Qui ne gazouillait encore pas,
Pourquoi rester triste et muette
Quand votre cœur parle tout bas ?

Sortant de l'azur d'un beau rêve,
Porté sur des ailes de feu,
De votre cœur un cri s'élève :
Ce cri d'amour est-il pour Dieu ?

La brise est pleine d'harmonie,
Le chant des oiseaux vous ravit,
Une douce mélancolie
Vous rend songeuse et vous pâlit.

Parfois aussi brille une larme
Sous votre long cil velouté,
Perle d'azur pleine de charmes,
Philtre enchanteur et redouté.

Aux frais boutons de l'églantine
Vous adressez — signe des temps —
Ces vers d'une muse enfantine,
Eclos au souffle du printemps.

Les ruisseaux ont pour votre oreille
Un bruit sourd et mystérieux,
Et votre cœur naïf s'éveille
Avec l'éclat de vos beaux yeux.

Le béguin de la pensionnaire,
Pour vous n'est plus assez coquet,
Et je vois qu'il sait mieux vous plaire,
Orné d'épis et de muguet.

Quand le front pur d'une fillette
Rougit, puis pâlit tour à tour,
Quand, sans souci de toilette,
Souvent elle rêve en plein jour ;

Quand sa main de la marguerite
Sait consulter les blanches fleurs,
Et que son sein ému palpite
Tourmenté de douces ardeurs ;

Alors du tyran de Cythère,
On reconnaît les premiers traits
A cette flamme passagère
Qui fait briller vos yeux distraits.

. . . .

Vous subissez, belle cousine
L'effet de la commune loi,
Et je voudrais que l'églantine
Eût ce matin parlé pour moi.

9 G. 71. 48.

L'ÉPREUVE

Dis-moi, chéri, que faut-il faire
Pour chasser de ton œil jaloux,
Ce chagrin dévorant qu'éclaire
Un souvenir de jours plus doux ?

Faut-il, à tes genoux rampante
Te jurer par tous les serments,
Que je serai fidèle amante,
Et que le poison… si je mens…

Faut-il nu-pieds et sur la glace,
Sous mon chevet aller chercher
Ce souvenir qui me retrace
Un bonheur qu'il me faut cacher ?

Faut-il, esclave humble et fidèle
Veiller à tes moindres plaisirs,
Et sous l'éclair de ta prunelle
Deviner tes secrets désirs ?

Un mot d'amour, je suis contente,
Un seul mot et je te bénis,
Rien n'est affreux comme l'attente
Un regard c'est le paradis.

Tu ne dis rien, tu me méprises,
Car on t'a trompé, je le vois,
Et ton chagrin à ces surprises
Ne veut pas s'exposer deux fois.

Avant de quitter ta chambrette,
Je te dirai deux mots encor :
— Crois-tu vraiment que ton Annette
T'aurait trahi pour un peu d'or ?

Crois-tu que pour un vain caprice,
J'aurais arraché de mon cœur
Ton image, chère complice,
De mes maux et de mon bonheur ?

Ne dis pas que, dans ma mansarde
Je redoutais la pauvreté,
On me trouva, pauvre bâtarde,
Au Luxembourg un soir d'été.

Mais à quoi bon cette parole,
Puisque ton amour était feint ?
En toi, ma chère et douce idole,
Mon beau rêve envolé s'éteint.

Grand Dieu ! que vois-je à ta paupière ?
Est-ce une larme de regret,
Aurais-tu compris la prière,
D'un cœur à t'aimer toujours prêt ?

Je pleure aussi, ta main m'attire
Et je me livre à tes transports ;
Vidons la coupe du délire
Et que l'amour verse à pleins bords.

1. 7. 70. 52.

UN HOBEREAU

Je sais encore un hobereau
Qui croit remonter aux croisades ;
Son carrosse est un tombereau,
Son casque un panier à salades.

Ses aïeux à Ptolémaïs
Ont pourfendu maint infidèle ;
Il rêve à ces lointains pays
Et voudrait mourir pour sa belle.

Il fait maigre chère et pourtant
Un valet découpe à sa table,
Sous le nom d'écuyer tranchant,
Sur champ d'azur à fond de sable.

A la messe, on le voit toujours
En haut du chœur choisir sa place ;
Il fait des armes tous les jours
Et mène un roquet à la chasse.

Le soir, du haut de son castel,
On entend retentir la trompe ,
Le cor était plus solennel,
Mais on reçoit chez lui sans pompe.

Un vieux corbeau privé par lui
Tenait lieu du faucon antique,
Mais un beau matin il a fui
Décharné, boiteux et phtisique.

Au lieu du noble palefroi,
C'est une bête au trot modeste,
Devant le seigneur, plus d'effroi —
Chacun voit les trous de sa veste.

Bouffi d'un légitime orgueil,
Il fuit les regards trop sévères
Dans la grand'salle tout en deuil
Où dort le sabre de ses pères.

Il le contemple avec amour,
Son grand œil creux s'emplit de larmes,
Puis, sans brevet, quelque beau jour
Il ajoute un glaive à ses armes.

                              14. 7. 70. 36.

LE GEAI & L'HIRONDELLE

Un beau jour un vieux geai hargneux
    Rencontra l'aimable hirondelle,
    Et lui dit d'un ton dédaigneux :
    « Je te rencontre enfin, la belle
    Et tu vas entendre ton fait !
Des humains envers toi je hais la complaisance ;
    Car ils flattent trop ton portrait ;
    L'on te vante beaucoup ; de là, ta suffisance
    Et ton insupportable orgueil.
    A voir ce lugubre plumage
    On te croirait toujours en deuil.
    — Ne parlons point de ton ramage
    Qui est affreux, tu en conviens,
Avec ces jolis dons, certes bien faits pour plaire
    Tu oses mépriser les miens !
    Mais attends, nous te ferons taire !
On nous reproche à nous de vivre au fond des bois,
    Mais à quoi te sert la vitesse ?
    A peine quittes-tu les toits
    Quand tu pourrais voler sans cesse !
    Des artisans, des malheureux,
    Tu charmes dit-on l'indigence,

Tu vas de l'honnête homme au gueux,
Sans t'arrêter de préférence.
Tu plais sans talent et sans voix :
— Pourquoi ? tu nais esclave et moi je vis sauvage !

A ces mots le geai s'en alla,
Insultant par ses cris la timide hirondelle
Qui bientôt à son tour, confuse, s'envola
Dévorant l'offense cruelle.

Fort souvent un sot orgueilleux
Vrai vautour, s'attaque au mérite ;
— Ce métier là pour lui n'a rien de périlleux,
Jamais le sage ne résiste.

18. 7. 65. 34.

UN ROUÉ

Avec dix mille écus de rente, ne pouvoir
Après deux mois de stage apprivoiser l'infante !
Je n'y puis rien comprendre et je veux dès ce soir
Mettre dans mes papiers son avare suivante.
C'est le meilleur parti, car devant le veau d'or,
Chacun depuis David sait se mettre à plat-ventre.
Pour aller carrément, je crois qu'il faut d'abord
Faire donner la garde et ménager le centre ;
Sera-ce prose ou vers ? Ici l'alexandrin
Me semble bien porté vu le cas en litige ;
Chacun sait que jamais la plume d'un crétin
Ne put dans une rime esquisser le vertige.
D'un amoureux confus, naïf et bien épris.
Commençons : « cher ange » non, non, mettons : madame
« Madame, dès longtemps mon pauvre cœur surpris
Brûle pour vos beaux yeux d'une timide flamme
Et jamais un regard, jamais un mot d'amour,
N'osa de moi, corbeau, voler à vous, colombe. »
Colombe, noir corbeau, mais pourquoi pas vautour ?
Bon ! voilà dans ma troupe un premier rang qui tombe.
Allons, relevons-nous. « Dans mes nuits sans sommeil
Je voyais, palpitant, votre image si chère.

Et c'était vous encor qui charmiez mon réveil
Plus suave à mes yeux qu'à l'enfant n'est sa mère.
De ma bouche un doux nom s'échappe bien souvent,
Ce nom en lettres d'or est gravé dans mon âme
Et de l'esclave au Dieu sur les ailes du vent,
Ce nom n'a pu voler pour toucher une femme!!
Un mot peut colorer d'azur mon désespoir,
Changer la nuit en jour, le fiel en ambroisie;
Faudra-il donc mourir et mourir sans pouvoir
Mettre à vos pieds mon cœur, mon amour et ma vie?
Mais non! tant de beautés, de grâces et d'attraits,
Tant de charmes cachés faits pour séduire et plaire
Doivent du dieu malin attirer tous les traits,
Le corps d'une Vénus n'est point fait pour la haïre. »

Allons, c'est emballé, le début va son train —
Deux louis à la matrone, — une ode au fulminate
Pour la dame en question; s'il faut veiller au grain,
Nous avons en réserve un kilog de picrate.

3. 3. 71. 40.

A MON CHAPEAU

C'est pour toi, vieux chapeau, que j'écris aujourd'hui
Bien plus par souvenir que pour chasser l'ennui,
Et si depuis longtemps tu n'ornes plus ma tête,
A te rendre justice, enfin mon cœur s'apprête.
Je n'ai pas oublié qu'à Paris autrefois,
Tu voulais du bon ton subir les nobles lois;
Il me souvient aussi que, souvent à vrai dire
De mon habit rapé je t'entendis médire.
Mais laissons ces travers de ton orgueil blessé,
Pour prendre note ici de ce zèle empressé,
Qui t'imposa souvent, pour me rendre service,
Plus d'une faction et plus d'un sacrifice
Quelque gentil minois passait-il? à l'instant,
On voyait s'élever ton angle conquérant;
D'autres fois sur mon front tes ailes rabattues,
D'un créancier sournois déjâstaient les battues;
Tu savais, de l'ami distinguant le fâcheux,
Faire méchant accueil à tout prêteur grincheux.
Te souvient-il qu'un jour une lutte opiniâtre,
Faillit te défoncer en sortant du théâtre?
Je t'avais apporté, brossé, frotté, pimpant;
Sur tes ailes veuf, tu sortis en rampant.
Cet affront, tu le sais, me causa bien des larmes,
Mais hélas, ce n'étaient que tes premières armes

Et maintes fois depuis, coups de vent et soleil,
Ont terni tour à tour ton lustre sans pareil.
Dix fois, plein de respect pour tes nombreux services,
Je te fis admirer sous des grâces factices,
Mais après cent revers mélangés de succès,
Il fallut un beau jour constater ton décès.
Et mon ingrate main dans les flancs d'une armoire
Entassa les débris de ton antique gloire,

. . . .

Dévoué compagnon de mes plus heureux jours,
Sur mon front de vingt ans je t'admire toujours
Et bien que grelottant sous les glaces de l'âge,
Je te revois encor dans un lointain mirage.

X. 36.

UN DÉCAVÉ

— Dis-moi, mon cher ami, par quel fatal destin,
Tires-tu le cordon dans ce lieu clandestin,
Et quel choc imprévu renversant ta fortune,
Te fit abandonner les plaines de Neptune?
Car, s'il m'en souvient bien, sur un corsaire anglais,
Tu voulais t'enrichir à force de hauts faits.
— Hélas, mon pauvre vieux, l'or cette vaine idole
N'a pas roulé pour moi dans un nouveau pactole,
Et blessé par deux fois dans deux combats divers,
J'ai dû, privé d'un bras, pendant de durs hivers,
Gagner mon pain du jour au métier de paillasse,
Qui cinq ans me nourrit dans les poux et la crasse.
C'était là le beau temps, car enfin je vivais
Tant bien que mal des tours nombreux que je savais
(On en apprend ainsi beaucoup quand on est mousse,
A coup de corde, à jeun et souvent sans eau douce);
Quand j'eus à ce métier gagné quelques dollars,
Je tentai du trafic les dangereux hasards
Et sur un bon trois-mâts pour la Chine en partance,
Je mis en dix ballots mon avoir et ma chance.
Mais vois un peu ma veine! en arrivant au port
Un grain malencontreux décida de mon sort :
On sacrifia tout pour sauver l'équipage
Et mon dernier espoir sombra dans ce naufrage.

Il me restait encor, misérable et manchot,
Bien moins qu'il en fallait pour payer mon écot,
Aussi, sans balancer je courus sur la grève,
Trouver au fond des flots la fin d'un affreux rêve.
Un Anglais pris du spleen venait également
Chercher l'oubli des maux dans le sombre élément,
Je lui contai mon cas, le sien était plus triste :
— Il disparut sous l'eau — n'osant suivre sa piste,
Je revins à la ville, croyant cette fois
Voir mon dernier penny s'échapper de mes doigts

Dans mon gîte en rentrant, une lettre crasseuse
M'annonçait en deux mots une nouvelle — heureuse —
Sherf, mon meilleur ami, le vieux videur de brocks,
Assommé l'avant-veille au soir, le long des docks,
Me faisait héritier de son avoir modeste,
A savoir cinq dollars, trois pipes et sa veste.
Il avait à Trilby donné son pantalon,
A Gogg le vieux gilet, à Morph le couteau long ;
Je versai quelques pleurs sur ce vieux camarade
Et bus pour m'étourdir une franche rasade.

C'est pour lors qu'au Thon-See, à deux pas du quartier,
J'appris qu'on demandait un honnête portier ;
J'y courus ; la maison n'avait qu'un seul étage
Et dès l'abord je fus effrayé du tapage,
Mais le maître en deux mots sut me prouver fort bien
Qu'on peut être voleur tout en restant chrétien.

Ici point de cordon à tirer, car la porte
Ne se ferma jamais sur prince avec escorte.
Je n'ai qu'à recueillir le marin ivre mort,
Qui confond l'escalier avec l'égout du port,
L'ouvrier plein de grog, qui titube et festonne,
Cherchant encor du gin pour sa voix qui détonne

Et qui, tout gonflé d'Ale encor le lendemain,
M'adresse un coup de pied quand je lui tends la main.

Du reste, à parler franc, j'aurais tort de me plaindre,
Car de ces braves gens, je n'ai rien d'autre à craindre;
Mon patron me nourrit, je suis logé, vêtu,
Et si je crève ici, du moins j'aurai vécu !

15. 6. 71. 62.

LE COMTE

Un vieux roi goutteux et perclus,
Jadis avait un bon ministre,
A qui tous les traités conclus
Valaient quelque gras et bon titre.
De simple manant, gros baron,
En peu de temps il fut fait comte ;
Devenu puissant et tout rond,
De sa naissance il ne tint compte.
La landwehr pendant ce temps-là
Manquait d'un général habile,
Qui sut mettre un hardi holà
Sous quelque prétexte futile.
D'un peuple allié, bon voisin,
Il fallait un bout de province ;
On trouva bientôt l'assassin,
Qui fut fait général et prince.
Le prince en veine d'appétit,
Couvert de crachats et de gloire,
Se trouvait encor trop petit
Car après manger il faut boire.
Fort à point dans les environs,
On découvrit un territoire,

Qui valait grand-croix et cordons,
Bien qu'il comptât peu dans l'histoire.
Vite enfourchant son grand cheval,
On vit se roidir, droit en selle,
Le vilain, créé maréchal
Et fier de sa faveur nouvelle.
Ce pauvre peuple eut beau crier
Sous les boulets et la mitraille,
Il fallut se rendre et plier
Devant ce nouveau La Fouraille.
La guerre faite, notre acteur
Revint savourer la victoire,
Et, charmé d'avoir un tuteur
Le vieux roi respecta sa gloire.
Il ne fallait point de repos
A ce guerrier infatigable,
Qui dépassait les vieux héros
— Dans l'art de se tenir à table. —
Le dieu Mars est l'humble valet
De ce César en bottes fortes,
Qui de Mambrin brisa l'armet
Un jour en schlaguant ses cohortes.
De quinze à quatre-vingts ans, tout
Court cette fois sous sa bannière ;
Ce fleuve ou plutôt cet égout
Inonde bientôt la frontière :
Tel en des pays plus lointains
On voit comme un épais nuage
S'avancer de hideux essaims
Dévorant tout sur leur passage,
Tel sur des bords infortunés,
L'innombrable horde ennemie
Tient bientôt les vaincus cernés
Entre le fer et l'incendie.

Puissé-je un jour, neveu bâtard
De Tamerlan et d'Alexandre,
Sur toi, de ton dernier soudard
Voir le sang impur se répandre!

LE CROUP

Le petit moribond sur sa blanche couchette
Respirait à grand peine et se plaignait tout bas ;
La veuve, à son chevet dans sa douleur muette,
Voyait, le cœur serré s'avancer le trépas.

Seule auprès de son fils — c'était dans un village,
Depuis trois mortels jours elle veillait ainsi ;
Le docteur à la ville avait son triste ouvrage
Et les mourants là-bas le réclamaient aussi.

Le souffle irrégulier du pauvre petit ange
Sifflait entre ses dents, dernier râle de mort ;
L'œil creusé s'estompait d'une sinistre frange
Et l'enfant étouffait dans un dernier effort.

Un pas pressé soudain retentit sur le sable
Et près du chérubin le docteur accourut ;
Ses cheveux étaient blancs et son front vénérable ;
« Madame, il est bien tard, Dieu voulait qu'il mourut. »

Le baby tout fiévreux se tordait sur sa couche
Et l'on n'espérait plus qu'un miracle de Dieu ;
Pourtant il respirait encore et sur sa bouche
La veuve déposait un déchirant adieu

« Maman, maman, j'ai faim, » s'écria-t-il tout pâle
Et le vieillard pensif interrogeait le pouls.
Le bon Dieu de sa gorge avait chassé le râle
Et le savant docteur disait : « que savons-nous ! »

DÉCEPTION

Un soir, à l'Opéra, je l'avais rencontrée,
Ravissante, adorable, artistement parée ;
Sans réfléchir, hélas, aux douleurs du réveil
J'en devins amoureux et perdis le sommeil ;
Vingt billets coup sur coup restèrent sans réponses :
Son cœur s'entourait donc d'épines et de ronces ?
Je la revois enfin et m'approche éperdu ;
Aux éclairs de ses yeux je me sentais perdu ;
Je tombe à ses genoux — elle, avec un sourire
Ne m'écris plus, bébé, je n'ai jamais su lire !

OMNIA VINCIT AMOR

« Qui que tu sois, voici ton maître :
Il l'est, le fut, ou le doit être. » (Volt.)

Jamais vous n'avez vu plus ardente prunelle !
Son œil bleu dans mon cœur alluma l'étincelle
Et vingt fois sur le point d'arracher le bandeau,
Vingt fois, plus lâche encor je bénis mon bourreau.
Mère, frères, parents, je quittai tout pour elle
Et prodiguai mon or pour couvrir de dentelle,
Cette fille déchue, avide de plaisirs,
Qui savait tarifer jusques à mes désirs !
J'aurais voulu briser ce honteux joug d'esclave,
Mais comment arrêter ces noirs torrents de lave
Qui roulent sourdement au pied des monts fumeux
Semant partout la mort et l'effroi devant eux ?
Enchaînez donc la foudre au sommet de la nue
Et passez sans faillir devant la beauté nue,
Dont le sein palpitant vous provoque et promet
Ces plaisirs qu'aux croyants a promis Mahomet !
Ce n'était plus l'amour, mais une frénésie
Qu'aiguillonnait encore la sombre jalousie,
Poison plus dévorant que les feux éternels
Et dont un Dieu jaloux affligea les mortels !

Oui, j'en étais jaloux, ô comble de la honte !
Vil sentiment du cœur, qui t'accuse et te dompte ?
    Mes amis tour à tour me quittaient et chacun
    Fuyait de mes tourments le récit importun,
Puis quand venait le soir, fiévreux et sans courage
    Je guettais à sa porte, écoutant avec rage
    Les propos sans pudeur que son rire argentin
    Excitait et faisait durer jusqu'au matin.

    Ma mère m'écrivit : « Mon bien n'y peut suffire
Cher enfant, je sais tout et je plains ton martyre ;
    Mais viens, je t'en conjure au foyer paternel,
    Viens te purifier aux pieds d'un autre autel.
    J'en mourrai, cher ami et déja dans sa tombe
Mon époux voit le gouffre où son fils roule et tombe,
Sans lui pouvoir crier « où cours-tu, malheureux,
    Respecte les vivants, si tu hais tes aïeux. »

    J'avais lu froidement et ma mère mourante
    Implorait encor Dieu pour mon ignoble amante !
    Je vendis la maison où mon père était mort
Tant mon cœur était lâche et tant l'amour est fort !
Lucy me trompe encor, je n'ai plus rien au monde
Et sans foi, sans espoir, dans une nuit profonde,
    Avec ce fol amour, puissé-je être englouti
    Sous les débris croulants du monde anéanti !

A UNE ÉTRANGÈRE

Qui donc es-tu belle étrangère
Que la plage voit chaque soir,
Naquis-tu princesse ou bergère,
Sur la paille ou dans un boudoir ?

Quel âge as-tu ? vingt ans peut-être ?
En as-tu trente ou plus encore ?
Dis-moi, faut-il pour te connaître,
Prodiguer son cœur ou son or ?

Aimes-tu beaucoup le Champagne,
Le Chambertin et le homard ?
As-tu jadis à la campagne
Vécu de pain bis et de lard ?

Sort-il d'un écrin de famille,
Ce bijou qui brille à ton front ?
L'aurais-tu gagné, pauvre fille,
Jour par jour au prix d'un affront ?

Plus d'un amant pour toi soupire
Et je me dis en frémissant
Que peut-être un grossier Tityre
A surpris ton amour naissant.

Ton grand œil bleu dit bien des choses
    Et j'y devine en même temps
    Que sous tes pas naissent les roses
Mais que ton cœur est sans printemps.

    Je voudrais voir un autographe,
    Mais à quoi bon ? tant de satin
    Peut dispenser de l'orthographe
    Et ton français vaut du latin.

MADELEINE

Gentil papier, tout rempli d'elle,
Cours vite lui parler de moi,
Pour que, touché d'un si long zèle,
Son cœur éprouve un doux émoi.

Velin mignon où je retrace
Mon bonheur prêt à s'écrouler,
Dis aussi qu'un baiser efface
Les pleurs que l'amour fait couler

Berceaux charmants que je regrette,
Frais bosquets que je vois toujours,
N'avez-vous plus l'ombre discrète
Où la source égarait son cours ?

Il est encor là le vieux chêne
Où je vins tout pensif un soir,
Guetter le banc où Madeleine,
Blanche image viendrait s'asseoir

Je revois aussi la chapelle
Aux vitraux verdis près du bois,
Et mes yeux suivent l'hirondelle
Qui fend l'air en rasant les toits.

Avec une aimable compagne
Je cueille des gerbes de fleurs ;
Des prés verts et de la montagne
J'aspire les mille senteurs.

La rustique et fraîche fontaine
M'offre le cristal de son eau
Et le zéphyr de son haleine
Me caresse au pied du côteau.

Pour les cheveux de l'adorée,
Voici des bluets éclatants ;
Tels dans une gerbe dorée
Seraient les iris bleus des champs.

Mais n'évoquons point cette image
Que mon cœur contemple éperdu,
Car si Madeleine est volage
C'est rêver d'un bonheur perdu.

AU COLIBRI

Dans son nid parfumé ta famille repose
Et la nature enfin a repris ses couleurs ;
Au souffle du zéphyr, ouvre ton aile rose,
Vole petit oiseau, vole de fleurs en fleurs.

Ton corps est si mignon que dans sa course folle
Un de ces fils d'argent le pourrait enlacer,
Et qu'à peine d'un lys tu courbes la corolle
Quand, après tes ébats tu t'y viens délasser.

Vole petit oiseau, vole au sein de l'espace
En jetant au soleil ton cri mélodieux ;
Aucun danger là-haut, chéri, ne te menace
Car les hommes sont loin et tu touches aux cieux.

Mais déjà dans l'azur, en vain je suis ton aile
Et je reste pensif attendant ton retour.
Bientôt tu reviendras, car ton nid te rappelle,
Doux nid qu'à su former un baiser de l'amour.

LA MODE

Ne me parlez pas de dentelle
De chales et de falbalas ;
J'aime beaucoup mieux une belle
En simple jupon ; mais hélas
Aujourd'hui la mode est sévère :
Chacun se couvre lourdement.
Au vieux temps, Ève notre mère
Marchait fort bien sans vêtement
J'en reviens à mon premier dire :
L'homme fuit son propre repos ;
Un seul habit peut nous suffire,
Nous en avons dix sur le dos
Sexe charmant, donnez l'exemple,
Jetez-moi ces colifichets.
Qu'un seul jupon, court et moins ample
Trahisse vos charmes secrets.
Vous n'en serez que plus aimables ;
— La beauté brille sans rubis —
En un clin d'œil vos mains affables
Nous ouvriront le paradis.

L'AMOUR AU GALOP

J'étais amoureux
De deux jolis yeux,
Tendres, langoureux,
Et jamais mon âme,
A pareille flamme
Pour fille ou pour femme
N'avait donné jour.

Mais combien de fois
Vit-on les plus froids,
Les bergers, les rois,
Les fous et les sages,
En dépit des âges
Dérouler les pages
Du livre d'amour?

Ingénu, novice
Et sans artifice,
J'étais au supplice
Maudissant le sort.
Un heureux effort
M'approcha du port
Et combla mes vœux.

De mon plus beau style,
Sous forme d'idylle
Plus épris qu'habile,
Et sans nul détour
Je lui dis un jour :
« D'un ardent amour
Partage les feux :

Idole chérie,
Charmante Égérie,
Mon âme ravie
Ne vit que pour toi,
De grâce aime moi :
Je veux sous ta loi
Goûter le bonheur.

Ma blonde déesse
Que le désir presse,
Aussitôt s'empresse
De dire à son tour
Qu'à moi dès ce jour
Elle est sans retour,
Du fond de son cœur.

Je l'aimai deux mois
Et l'ombre des bois
Nous vit maintes fois,
Remplis de tendresse,
Sur la mousse épaisse
Savourer l'ivresse
De notre printemps.

LES CANOTIERS DU DOUBS

« D'un voyage au long cours,
D'une rude campagne
Nous rapportons toujours
Du rhum et du champagne.
Jamais à notre bord
D'ordres durs ou sévères ;
Chacun tombe d'accord
Quand on parle de verres. »

Comme on est plein d'ardeur
A bord de la flotille,
Pour ce sexe vainqueur
— Par la langue et l'aiguille —
Mainte belle horlogère
Manœuvre l'aviron,
Riant de l'onde amère
Qui vient baiser son front.

Un adroit canotier
Fait-il une capture ?
L'état major entier
Embrasse la future.
En savoureux flots d'or
Le moët étincelle,
De tribord à babord
Chacun boit à la belle.

Le pont en un instant
Devient salle de danse
Et, l'œil étincelant,
Chacun tourne en cadence.
Se trompant de chemin,
Dans une course folle,
Par dessus les moulins
Plus d'un frais bonnet vole

Le fifre au rire aigu
Malgré sa soif intense,
Du trombonne éperdu
Relève un long silence —
La basse en mugissant,
Se courrouce, détonne
Et le cor impuissant
Attend que minuit sonne,

C'est l'heure du berger
Que plus d'un matelot
Choisit pour diriger
L'éclair de son fallot ;
Et toi, mari jaloux,
Dissimule ta rage
En attendant les coups
Qui suivront l'abordage.

ÉPIGRAMMES

Églé, la belle aux cheveux d'or,
Églé la chaste créature
Hier au soir me boudait encore :
Gorge trop molle, âme trop dure !

*
* *

Des dents et des cheveux encor ?
Franchement, c'est à n'y rien croire !
Quel habile homme que Ricord !
Parlez donc du docteur Grégoire !

*
* *

Lycidas est noble et vaillant,
A la guerre c'est une vrai foudre !
Que serait-ce dis-je en bâillant,
S'il avait inventé la poudre ?

SOUVENIR

Le long des verts sentiers comme deux grands enfants,
Pensifs nous cheminions, admirant la nature ;
Du beau livre d'amour tous les deux ignorants
Nous causions sans nous voir car notre âme était pure.

L'air était tout rempli d'insectes diaprés
Et le grillon chantait tapi sous l'herbe épaisse ;
Mille fleurs embaumaient autour de nous les prés
Et la brise à nos fronts laissait une caresse.

Les oiseaux près de nous voletaient sans effroi
Et nos pieds reposaient sur des tapis de mousse
J'aurais avec dédain vu tout l'or d'un grand roi
Car ma main tendrement pressait une main douce

Que disions-nous alors, où couraient nos désirs ?
Vraiment je n'en sais rien mais ce que je puis dire
C'est que l'écho fidèle entendit nos soupirs
Et que témoin discret il n'en osa médire.

De ces moments bénis jamais le souvenir
Ne perdra dans mon cœur son invincible charme.
Et songeant à ce temps qui ne peut revenir,
De mon cœur à mes yeux monte une douce larme.

Nous ne savions encor ce que c'était qu'aimer
Et déjà cependant nos deux âmes ravies
Goûtaient dans le bonheur de se laisser charmer,
D'un plaisir enivrant les douceurs infinies.

Un orage gronda ; sa main blanche à mon bras
Tremblait comme la feuille aux éclairs de la nue.
J'ai su ce que son cœur alors disait tout bas
Et je bénis le ciel en la voyant émue.

MARGOT

L'on jase beaucoup au village
Margot, Dieu sait si je t'aimais !
Mais hélas ! dans un cœur volage,
L'amour peut-il durer jamais ?

Un nouvel amant moins fidèle
Aujourd'hui règne sur ton cœur ;
Il a dit : « Margot est bien belle »
Et Margot a cru le trompeur.

Pardonne-moi cette parole
Que mon cœur n'a pu retenir,
Car si l'amour trahi s'envole
L'amoureux voudrait revenir.

Rappelle-toi sous le vieux frêne
Nos serments émus, nos soupirs ;
Margot alors était ma reine,
Margot dorait tous mes plaisirs

Tes yeux promettaient le bonheur
Et ta voix tremblait sous l'aveu
Mais le bouton périt sans fleur
Et la cendre éteignit le feu.

Qu'ai-je fait pour perdre si vite
Ce trésor dont j'étais jaloux ?
Réponds, Margot, où je m'irrite
Contre ces yeux faux et si doux.

LE PRINTEMPS

L'Églantine ouvre ses boutons ;
Du lilas la fleur odorante
Au loin parfume les sillons
Où dans son trou le grillon chante.

De son haleine le zéphyr
Dans les airs poursuit l'hirondelle
Mais l'ingrate cherche à s'enfuir
Près de son nid qui la rappelle

L'œil s'étend sur les grands blés verts
Qu'une aimable brise caresse ;
Des chants lointains, cent cris divers
Forment un long chœur d'allégresse.

Le rossignol mélodieux
Dans l'ombre égrène ses roulades
Et les amants sous l'œil des cieux
Ralentissent leurs promenades

La gloire et l'amour en tous temps
Furent les biens de la jeunesse.
Mais toi seul aimable Printemps,
Sais dorer cette double ivresse.

Reviens donc avec tes senteurs,
Tes oiseaux, tes feuilles nouvelles,
Rends-nous le doux parfum des fleurs
Et ramène tes hirondelles.

SÉPARATION

II

Pourquoi m'as-tu quitté, dis-moi, folle Sylvie,
Pourquoi chercher encor de nouvelles amours ?
Tu ternis à plaisir le soleil de ta vie,
Sans voir à l'horizon poindre de sombres jours.

S

Je t'aimais, tu le sais, mais comme l'hirondelle
Il me fallait voler et dépenser mon temps ;
Mon cœur n'est à personne et ne sera fidèle
Qu'à mon amour du bal, des fleurs et du printemps.

II

J'avais mis à tes pieds, avenir et jeunesse
Et six mois de bonheur écoulés avec toi
Auraient dû te donner un peu de ma tendresse.
Mais non ! tu m'as repris ton amour et ta foi.

S

Je ne t'ai rien repris car jamais je ne donne :
C'était un simple prêt, un caprice, un éclair ;
Tu ne l'as pas compris, cette erreur se pardonne,
C'est passé maintenant et voilà le plus clair.

H

Je le vois aujourd'hui, ce n'était qu'un vain songe,
Heureux et confiant je croyais au bonheur ;
Hélas ! tout n'est chez vous que froideur et mensonge
Adieu donc pour toujours, doux rêves de mon cœur !

S

Voilà de ces grands mots que je ne puis comprendre
Et qu'autrefois, Henry, tu ne me disais pas.
Mais au moins si nos cœurs ne peuvent plus s'entendre
De deux amours défunts respecte le trépas.

H

Tu le veux ! j'y consens, plus de plainte importune,
Oublions tous les deux nos serments de jadis,
Quittons-nous en amis, sans haine et sans rancune
Et sur nos vieux péchés un court *de Profundis !*

UN MARIAGE PARISIEN

Enfin, mon cher ami, le sort en est jeté :
J'ai mûri mon projet, il est fixe, arrêté —
En un mot je suis las d'être célibataire
Et je mets de côté mon humeur réfractaire.
Il me faut aujourd'hui de tranquilles plaisirs,
Une épouse agréable et d'amoureux loisirs.
Je vois d'un tout autre œil les douceurs du ménage
Et mon bonheur enfin dépend du mariage —
Cela te fait sourire! Attends, écoute-moi,
Et ne suspecte pas du moins ma bonne foi.
Ce n'est plus tu comprends une brûlante flamme,
Mais je suis disposé à bien aimer ma femme,
A faire mon bonheur en assurant le sien
Et, Mentor assidu je serai ton soutien.
Elle n'a que vingt ans, je frise les quarante
Et (soit dit entre nous, j'en parais bien cinquante),
Orpheline elle ignore et le monde et le bal
Et son cœur innocent ne m'offre aucun rival.
Ami respectueux et rempli de tendresse,
Je saurai protéger sa naïve jeunesse —
Sa fortune, en argent, ne craint aucun procès
Et de ses père et mère le précoce décès
Me laisse plein pouvoir au lendemain des noces.

Point d'oncles à la clef, pas de tuteurs féroces,
Enfin, tout est choisi, convenu, discuté:
        J'ai fini.

A MON TOUR POUR LA MORALITÉ.

C'est mon faible. Ceci me paraît un peu louche,
Soyons franc: vieux sournois, ton cœur dément ta bouche;
J'y lis à découvert et vois dans tout ceci
Que l'amour de ta femme est ton moindre souci.
Tu flaires une dot, voilà la grande affaire.
Hélas, et c'est à moi que tu le voudrais faire!
Du reste, maintenant, c'est la marche qu'on suit
Quand du printemps en fleurs le brillant soleil luit,
Le tourbillon doré vous prend et vous enivre,
Et la gloire est pour vous de chercher à le suivre.
Plus d'un reste en chemin, les autres à trente ans
Ont grand'peine à traîner leurs cadavres vivants;
Leurs yeux brillants jadis sont éteints par l'orgie,
Les cheveux sont tombés — aujourd'hui l'eau rougie
Remplace les liqueurs — la tisane à la fin
Vient combattre trop tard les progrès du venin
Qui a brûlé leur sang, ravagé leurs visages
Et dégarni leurs fronts sans les rendre plus sages.
Ruinés d'esprit, de corps, et fort souvent de biens,
Du mariage alors ils convoitent les liens.
D'amour point n'est question: la dot est rondelette
Et l'affaire en deux mots se débat et s'arrête.
Le futur est voûté, sans dents et sans cheveux,
La fille résistait: son père a dit « je veux;»
Ce mari te convient! tremblante et sans défense
Elle étouffe ses pleurs et gémit en silence.
Parents, frappez des mains, c'est un joli marché!
Un ange d'une part, de l'autre un débauché!

Pour lui s'ouvriront-ils, ces trésors de jeunesse,
D'innocence, d'amour et d'aimable tendresse ?
Non, le ciel est trop juste et l'époux un beau jour,
Pourra, sur son *trafic* faire un triste retour,
Jamais il ne saura dans cette âme blessée,
Faire chérir l'époux de la vierge offensée
Et vienne au devant d'elle un cœur vraiment épris,
Si l'épouse chancelle en serez-vous surpris ?
Est-ce un crime après tout ? qui l'avait engagée ?
Son père la vendait, elle s'est dégagée
Un ange eût succombé ; longtemps elle lutta
Et si l'amour enfin dans son cœur l'emporta,
Sans crier au scandale, il vaut bien mieux la plaindre
Et songer que son cœur sut aimer et non feindre.
    Jamais.....
B. Je t'encourage en t'écoutant encor,
    Mais....
A. Oui je perds mon temps si tu cours après l'or.
Cependant, un conseil que je crois salutaire !
Ton front se dégarnit, reste célibataire.

L'HIRONDELLE

Le vent glacé du Nord, courbe sur la colline
Les genêts dépouillés de leurs étoiles d'or
Et les fruits carminés de la verte églantine
Teignent les champs neigeux où tout repose et dort.

Grelottant et transi sous la feuille jaunie,
Le rossignol n'a plus que de longs cris plaintifs
Et par le froid hiver, l'hirondelle bannie
Conduit sous d'autres cieux ses escadrons craintifs.

Ingrate, oserais-tu pour une longue absence
Nous quitter sans regrets, nous tous qui t'aimons tant ?
Ton devoir est ici de charmer l'indigence
Et de porter bonheur au berceau de l'enfant.

Je souhaite que Dieu guide au sein de l'espace
Les *sillons* de ton aile et te fasse arriver
Sans dangers sur ces bords où mon œil suit ta trace,
Lieux chéris, où mes vœux te voudraient préserver.

Dans le sombre brouillard, je vois une phalange
De voyageurs pressés, fuyant nos durs climats :
Ils vont vers ces pays où se dore l'orange,
Où l'automne est sans nuit et l'hiver sans frimas.

Sous ce beau ciel d'azur, profond et si limpide,
Tu vas chanter sans cesse un long cantique à Dieu
Et dans les flots du lac baignant ton aile humide,
Tu ne songeras plus à notre triste adieu.

Mais notre amour t'attend, lorsque les pâquerettes
Peindront les prés vertis de leurs mignonnes fleurs ;
Ton exil finira quand les bergeronnettes
Dès le matin aux champs suivront les laboureurs.

Si ton col satiné qu'orne une faveur rose
Perdait ce nœud charmant, présent de la beauté,
Souviens-toi que je t'aime et que ton nid repose
A l'abri sous mon toit comme au dernier été.

GRAVELOTTE

Carnassiers affamés, corbeau à l'aile noire,
Qui volez lourdement dans nos champs dépouillés,
N'allez pas insulter au pur sang de l'histoire
Et déchirer nos morts dans leur trépas souillés.

Sur le sol que ternit votre plume lugubre,
Naguère succombaient de valeureux soldats
Et dans ces froids ravins, aux marais insalubres,
Nos fils ont soutenu d'héroïques combats.

Aux rapides éclairs, au sinistre tonnerre,
Parfois on entendait succéder les hourras
Et sous leurs pas pressés qui pétrissaient la terre,
Deux peuples s'avançaient, l'œil en feu, l'arme au bras.

Le plomb, sans s'arrêter, allait du brave au lâche,
Partout le fer brisé volait en noirs éclats ;
L'aveugle mort frappait, moissonnait sans relâche
Et les membres broyés s'entassaient sous ses pas.

Couvert de sang, noyé dans la neige et la boue,
Le noir turco frappé si loin de son désert
De son bras mutilé lève encore et secoue
Ce drapeau, noble encor, qu'il défend et qu'il sert.

L'ennemi par trois fois a fait sonner la charge
Et trois fois l'on poursuit au loin ses bataillons :
Les étendards criblés, sous l'horrible décharge,
N'offrent aux *survivants* que de *sanglants* haillons.

Dans les airs obscurcis l'acier résonne et gronde
Et l'ennemi vaincu tente un dernier effort —
Bientôt ses escadrons, en masse plus profonde,
Font pâlir notre espoir quand nous touchons au port.

Ils étaient dix contre un et tout notre courage
Ne pouvait triompher de leurs flots renaissants ;
On sent qu'il faut mourir, chacun frappe avec rage :
Notre héroïsme est vrai, nos efforts impuissants.

Hélas ! le sort voulait que ce nouveau désastre
Vînt combler la mesure et finir nos malheurs ;
Dans le ciel rayonnant, tu t'es caché, bel astre,
Toi qui jadis guidait nos bataillons vainqueurs !

Seriez-vous donc enfui, jours de gloire où la France,
Voyait à ses genoux mendier quinze rois ?
Non, car après ces jours d'angoisse et de souffrance,
Nous vaincrons à l'abri du glaive et de la croix.

Dans ton stupide orgueil, potentat exécrable,
La grande ombre des morts te verra confondu,
Car si l'empire était notre mal incurable
Sous le trône écroulé le sceptre s'est fondu.

NOTES BIOGRAPHIQUES

D'IGNACE GROSMOUDS

CHER AMI,

L'amitié que je te porte est plus forte que ma modestie et je t'envoie les détails que tu demandes sur mes débuts dans la vie littéraire. Les voici en peu de mots.

Tu sais que je suis orphelin et bachelier — double infortune! maître absolu de mes actes, à dix-huit ans et sans fortune — naturellement — je ne savais que faire pour donner un corps à mes rêves, car j'étais ambitieux. Il fallait choisir.

L'Amérique avec ses mines d'or m'offrait des pactoles intarrissables. En Russie, j'épousais la fille d'un boyard; en Italie, une princesse m'offrant ses trésors et son cœur; en France..... (1) l'emporta et voici dans quelles circonstances.

Un beau matin en flânant sur les quais j'aperçus à l'étal d'un bouquiniste un petit volume dont le titre étrange me frappa, c'étaient « *Les désastres et tribulations d'un phoque amoureux.* » En vers. J'en lus quelques lignes, puis quelques pages, bref, je dévorai le livre. J'étais poète. Le brouillard qui couvrait mon intelligence venait de se dissiper comme un nuage balayé par le vent du Nord. Je lus successivement

(1) Amour pour les lettres.

Barbanchu, Du Trouillou et Grandgoujon, le Rosaire de Veuillot, et bientôt je fus en état d'écrire moi-même. Me tournerais-je vers le drame, le vaudeville ou la comédie? Débuterais-je par des poésies fugitives? Ma première œuvre fut un drame dans lequel j'avais allié toute la verve de la jeunesse au feu des plus violentes passions. La « *Tunique sanglante* » ne fut pas représentée il est vrai, mais je la lus en petit comité et je puis dire que les applaudissements couvraient souvent ma voix. Cette œuvre me fit découvrir un des bizarres travers de l'esprit humain. Presque toujours mes auditeurs riaient à se tordre et cependant on ne voyait dans mon œuvre que poignards et poisons. Explique qui pourra ce phénomène qui est resté pour moi un mystère psychologique.

Puisque mon drame faisait rire j'avais donc fait fausse route. Mais heureusement la nature ne m'avait pas traité en marâtre. J'aurais dû prévoir que mon esprit naturellement enjoué et badin me poussait au vaudeville. Si mois plus tard je présentai au petit théâtre de X. un vrai modèle d'intrigue, un petit bijou de grâce et de style. Le directeur dévora mon manuscrit et le trouva charmant. A dire vrai il me fit entendre qu'aucun de ses acteurs n'avait voulu prendre de rôle et que lui-même les trouvait impossibles, mais les allusions politiques que j'avais adroitement semées dans quelques passages ne furent pas étrangères à la décision de ces juges stupides.

Quelques jours après, confiant dans mes forces et sûr de moi-même, je commençais ma grande traduction en vers de quatre pieds des œuvres de Cryptogamus de « *l'Influence des champignons sur la littérature moderne.* » Cet ouvrage qui m'occupa deux ans, n'a pas vu le jour, faute d'éditeur intelligent et probablement mes contemporains en seront privés. Peut-être cependant me déciderai-je à donner un jour à mes frais l'édition complète de mes œuvres.

A cette époque de ma vie, une maladie du cuir chevelu me retint dix-huit mois dans l'inaction. Toutefois, sans écrire, je méditais de nouveaux travaux et à peine rétabli je me mis à l'ouvrage. En quelques semaines je remaniai deux actes de *Phèdre*, trois scènes de Polyeucte et tout le Misanthrope. Je cherchai à rendre ces ouvrages moins indignes de l'admiration générale et plus à la portée des chastes lecteurs et des jeunes intelligences. Le procureur de la République voulut me faire enfermer à Charenton à l'époque où parurent ces critiques sous prétexte que ma raison s'égarait. Comme autrefois Sophocle, je désarmai la jalousie et la bêtise en lisant devant mes juges ma défense imprimée, en vers de quinze pieds. Mes ennemis rirent, ils étaient désarmés.

Je méditais un éreintement de Voltaire quand vint s'ouvrir un concours littéraire à Pézenas. Il s'agissait d'un parallèle entre la betterave et le chou-fleur. Bien que ce ne fut pas mon genre, j'eus l'honneur de voir mon nom sortir le premier de l'urne. De vils détracteurs soutinrent que je n'avais pas de concurrents, mais je ne voulus point répondre à des insultes parties de si bas. Si je ne pris pas en main le fouet de la satire j'avais des raisons pour cela. Dans mon cerveau s'élaborait déjà l'œuvre capitale de ma vie, celle qui doit assurer à mon nom la gloire et l'immortalité : *œre perennius*. Tout le Languedoc a lu mes Carcassonides et il ne m'appartient pas d'en faire ici un éloge superflu. Mon nom fut imprimé dans deux journaux et le grand Jasmin me fit présent d'un rasoir anglais.

Je devais être accablé sous le poids de tant de fatigues. Mais non ! Il me fallait cueillir de nouveaux lauriers. Le concours agricole de Pithiviers demandait un mémoire sur l'utilité comparée des engrais inodores et des guanos en particulier. Je me mis à l'œuvre et bientôt mon poème en quatre mille vers me faisait obtenir une mention honorable avec un volume de Columelle relié en veau.

Dès lors je ne me livrai plus à des œuvres de longue

haleine. Mes premiers essais en poésie légère firent voir que tous les genres m'étaient bons et que ma phrase savait voler sans fatigue sur toutes les cimes du Parnasse. Pour ne citer que les morceaux les plus connus, je prends au hasard — *La ronde des Kangu-roos.* — *Le rat paitrinaire.* — *Le hérisson sympathique.* — *Le scrofuleux d'Antibes.* — *Le crocodile amoureux*, *L'homme qui ne rit pas* etc., etc.

Voilà, mon cher ami, le résumé de mes travaux, accompagné du récit fidèle de mes succès et de mes revers. Quant aux détails que tu demandes sur ma personne, je ne pense pas qu'ils puissent intéresser le public, sans cela je te pourrais dire : que ma taille sans être élevé est droite est bien prise. Mes cheveux qui sont repoussés et que je porte comme M. Barbey d'Aurevilly sont très abondants encore et ont été noirs. J'ai pour la toilette un profond mépris et je change rarement de linge. J'aime l'ombre et la solitude et jamais je n'ai eu pour le sexe de bien forte inclination. Ma dernière passion a doré vingt-quatre ans.

Voilà mon cher ami, ce que je dirais de moi si cela pouvait avoir quelque prix, mais je m'inquiète peu que la postérité sache si j'avais les yeux bleus et si je me lavais les mains tous les jours. Ces vains détails semblent trop puérils à un homme qui a fait dans sa vie cinquante mille vers et qui a l'honneur d'être au nombre de tes amis.

IGNACE GROSMOUGIN.

CAMILLE

Elle avait à peine seize ans et je n'en avais pas encore vingt. Nous avions été élevés ensemble et nos parents nous destinaient l'un à l'autre. Nos cœurs faits pour s'aimer goûtaient déjà les charmes ineffables d'un premier amour.

Mon père était fier de mes progrès et de mon développement physique; la mère de Camille se montrait heureuse de la pure beauté et des grâces enfantines de sa fille. A dire vrai, jamais créature du bon Dieu n'avait réuni tant de charmes et d'attraits. L'année suivante on devait nous marier, car alors j'aurais mes vingt-un ans révolus.

Mon père voulut auparavant me faire un peu voyager, mais je lui obéis à contre cœur, tant il m'était pénible de quitter ma chère Camille dont jamais je ne m'étais séparé ?

Je vis d'un œil distrait les montagnes neigeuses et les lacs bleus de la Suisse; mon âme était ailleurs. Je recevais cependant de fréquentes lettres de mon père et la dernière page renfermait toujours quelques lignes de ma bien aimée. Je ne cessais de les relire que quand mes baisers les avaient effacées à demi. Je la voyais, de sa main mignonne, tracer sur la table du salon, ces caractères d'une écriture tremblante et penchée, que mon

cœur devinait avant de les avoir lus. Je voyais dans ses
cheveux les fleurs que j'aimais, dans ses mains mes livres
chéris; je la voyais rougir quand mon père, les pieds
sur les chenets, lisait à voix lente le récit de mes voyages.
Chacune de mes lettres se terminait comme on le devine
par un *post scriptum* serré concernant ma douce idole.

Quinze jours encore et mes vœux allaient se réaliser !
On m'attendait à bras ouverts et je comptais les minutes
qui me séparaient du bonheur. Camille avait beaucoup
grandi, un peu trop peut-être, disait mon père; sous ses
longs cils noirs, son œil s'allumait parfois de lueurs
étranges; les roses de l'enfance était remplacées sur ses
joues par une pâleur nacrée que nul pinceau n'eût pu
rendre.

Camille n'était plus une enfant, c'était, toujours au
dire de mon père, la meilleure et la plus belle créature
qu'on pût voir. (Comme mon cœur partageait ce juge-
ment aimable et charmant !) tous les pauvres bénissaient
mademoiselle Camille. Pas une infortune, pas un malheur qu'elle ne voulût soulager !

Au moment où je trace ces lignes, mon cœur fidèle au
souvenir de ses seuls mérites ne me représente point son
suave visage. Je ne sais si elle était jolie; mais combien
je l'aimais ! !

Trois jours avant mon départ — c'était à Milan — je
reçus une lettre qui fut pour moi un coup de foudre.
j'aurais voulu que le ciel permit à ma raison de ne pas
résister à une pareille épreuve. Je vis devant moi le
démon du suicide et sous mes pieds les gouffres du
néant. Mon heure n'était pas encore venue.

Camille était morte, morte en vingt-quatre heures, à
dix-sept ans, dans toute la sève de sa forte jeunesse, le
cœur plein d'amour et mon nom sur les lèvres.

Pendant trois longs mois de souffrance et de délire,
mon père voulut veiller seul à mon chevet; ses larmes
coulèrent avec les miennes et ses touchantes paroles
rendirent un peu de calme à mon cœur éperdu.

Les médecins regardent ma guérison comme assurée,

mais si mon corps survit, tous le reste est mort. Adieu, douces illusions ! adieu rêves dorés de l'avenir ! Le sort cruel m'a frappé dans ce que j'avais de plus cher au monde ; il m'a ravi mon plus précieux trésor. Je vivrai pour fermer les yeux à mon père et après cela....

Je vais souvent au tombeau de Camille et je ne voudrais pas qu'un étranger cultivât les fleurs qui le tapissent. Il y a des violettes, des scabieuses et des marguerites. On voit aussi dans un angle le rosier blanc, symbole de nos amours, le rosier blanc auquel Camille avait enlevé cette fleur qui reste pour moi comme un dernier et lugubre souvenir.

mais si mon corps survit, tous le reste est mort. Adieu,

UNE CONSULTATION D'AVOCAT

Un avocat — Un Paysan.

P. (Il entre son chapeau à la main et un panier sous le bras.) S'adressant à l'avocat : C'est bien vous qui êtes Me Testicot?

A. Oui, monsieur, pour vous servir, donnez-vous la peine de vous asseoir.

P. Vous n'êtes pas deux du même nom?

A. Non, je suis le seul de la ville.

P. C'est donc bien vous qui avez fait perdre le procès de Claude Gruau?

A. C'est-à-dire que j'ai fait gagner son adversaire, oui.

P. C'est à revenir au même. Vous savez sans doute qu'il était dans son droit.

A. Il a perdu, donc il avait tort.

P. Farceur, va! Voyous, entre nous, j'ai une mauvaise affaire sur les bras; ne pourriez-vous me donner un coup de main?

A. (Regardant le panier) Sapristi! sapristi! (L'auteur aurait... mis diable! diable! s'il n'avait lu le voyage sentimental), ma conscience, l'honneur, le discrédit qui s'attachent à ces sortes de plaidoiries..... Vous comprenez qu'il y va de ma réputation et que je ne puis vous défendre, si l'affaire est par trop scabreuse. Il s'approche du panier) cependant, voyons, contez-moi un peu cela.

P. (Revenant avec un petit sac et des papiers). Voici l'affaire en deux mots. On m'accuse d'avoir détourné deux muids de vendange au préjudice de mon patron.

A. Y a-t-il des témoins ?

P. On dit qu'il y en a cinq.

A. C'est trop, beaucoup trop !

P. Et d'avoir pris des gerbes dans le champ de mon voisin. (Faisant sonner l'or.)

A. Ceci est une bagatelle.

P. Certainement (lisant) d'avoir battu et contusionné le sieur Jean Goujn, ensuite desquels coups il en est résulté une incapacité de travail de vingt jours. (Faisant tomber le sac.)

A. Le cas est grave, mais non désespéré. Nous avons l'état d'ivresse, la surexcitation produite par les circonstances, la susceptibilité de l'homme ouvrier, etc. Quant aux témoins nous pouvons les voir d'abord, leur parler, et au moyen de quelque argent, on peut sans doute les amener à retirer leur témoignage. N'avez-vous personne qui puisse déposer en votre faveur?

P. Pardon, monsieur l'avocat ! J'ai un ancien domestique qui répond pour moi dans ces sortes d'affaires et qui jure au besoin.

A. Probablement il se fait payer cher ?

P. Vingt francs environ par faux serment.

A. C'est pour rien. J'en connais qui se font payer le double.

P. Oh ! il est assez coulant avec moi. Je suis une bonne pratique.

A. Avez-vous déjà été en prison ?

P. Non ; c'est-à-dire oui. Attendez ! La première fois en 1842, pour une bagatelle ; la deuxième fois j'en ai attrapé pour quinze jours, malgré mon innocence ; la troisième......

A. Diable ! diable ! (voir le Voyage sentimental.)

P. La quatrième, pour des fagots que je...

A. Diable ! diable !

P. Cette année, le tribunal de... (Il ouvre son sac.)

A. La justice peut souvent porter de faux arrêts et il arrive parfois qu'un honnête homme se trouve, par suite de circonstances particulières...

(Il ouvre son sac.)

Par suite dis-je de circonstances particulières....

P. (Glissant un louis). Certainement, cert...

A. Se trouve injustement condamné, et je ne doute pas que votre cas ne rentre dans cette fâcheuse exception.

P. Grâce à mes économies, j'ai ramassé quelque bien, et la jalousie.....

A. Tous les procès viennent de là.

P. Mes opinions un peu avancées déplaisent à l'administration.

A. Il n'en faut pas davantage.

P. Notre gars vient d'épouser la plus riche fille du pays, et...

A. Je comprends cette fois (2ᵉ pièce), je saisis parfaitement.

P. Alors je puis compter sur vous ?

A. Je vais m'occuper de votre affaire. — Laissez-moi les pièces.

P. (Ouvrant le panier.) Il y a encore ici un chapon que notre femme a voulu vous offrir.

A. (Le prenant.) Il ne vous fallait pas donner cette peine, et je ne voudrais pas que...

P. Prenez toujours, il est gras.

A. Ne croyez pas au moins que cela influe en rien sur ma conscience, car jamais un cadeau ne me fera oublier...

P. J'en suis persuadé !

A. J'aime à le croire. N'allez pas croire que pour une autre personne je ferais...

P. Tiens! J'oubliais ce petit fromage!

A. Vraiment! Vous avez trop de bonté, et je ne sais si je dois accepter...

P. Prenez toujours, c'est excellent au dessert, avec du bon vin.

A. (Le serrant.) Farceur, va!

P. (Se retirant.) Au revoir, je vais trouver notre avoué. Je peux compter sur vous, n'est-ce pas? (Signe d'intelligence).

A. (Le reconduisant.) Je vous le promets. — Poignées de mains. Adieu! adieu! Je réponds de votre affaire.

(A part.) Cet homme sent le bagne.

UNE SOIRÉE D'ÉTUDIANTS

(La scène représente une chambre d'étudiants.
— Alfred et Bertrand sont étendus sur l'unique
canapé de la pièce ; Charles dort sur une table
de travail, couverte de livres et de poussière.

Alfred s'étirant : « Que pourrions-nous bien faire ce soir pour tuer le temps? Voyons, Bertrand, toi qui as le génie inventif, trouve-nous une distraction agréable et à bon marché. »

Bertrand. Je propose une partie de loto.

Charles. Je préférerais pour le moment un verre d'absinthe, c'est plus apéritif.

A. Oui, mais c'est plus cher.

B. Personne n'a de crédit au Faisan doré ?

A. et C. Pas moi — ni moi.

A. Si nous donnions une soirée !

B. et C. en chœur. Oui, comment! avec quoi ?

A. Belle question ! rien n'est plus facile que de donner une soirée quand on a les poches pleines d'effigies.

— Il s'agit pour nous de recevoir notre monde sans bourse délier et de s'amuser beaucoup et gratis. C'est la grande affaire et je crois avoir une idée !

B. Une idée ! sans bourse délier.

A. Sans qu'il en coûte un maravédis.

B. Aurais-tu des rentes sur l'État?

C. Je lui ai vu un livret de la caisse d'épargne.

A. Vous êtes deux crétins ; écoutez respectueusement et en silence les développements de votre mentor. Pas d'observations surtout, je commence : Voyons B, as-tu quelques talents de société.

B. (Réfléchissant.) Autrefois, c'est possible, mais aujourd'hui je me sens un peu rouillé, cependant il me semble que je pourrais jouer suffisamment du xylocordéon.

C. Du xylo... quoi ?

B. Cordéon.

C. Connais pas et toi ?

A. Vaguement ; mais c'est égal, ça remplit un vide. Et toi, C, que fournis-tu au contingent ?

C. Je suis ventriloque, très ventriloque même, — tu verras. Je sais 99 romances inédites et j'imite Grassot à merveille.

A. De mieux en mieux ; notre affaire s'éclaircit.

C. A propos ! je porte 25 kilos à bras tendu et je fais supérieurement le saut périlleux en avant et en arrière.

A. et B. Nous sommes sauvés ! Merci mon Dieu !

C. Tout cela est parfait. Mais comment rafraîchir la société ?

A. et B. On ouvrira les croisées.

C. Outre cela, j'ai ici un cousin de Limoges qui ne pourra me refuser cent sous. — Je l'inviterai, mais vous serez indulgents.

B. Où loge-t-il ? cours vite le dénicher ! Est-il convenable ?

C. Il est de Limoges.

A. et B. Nous n'avons pas le droit d'être difficiles.

C. C'est mon opinion personnelle.

A. et B. Nous la partageons.

C. Merci, mille fois. Où trouver un piano maintenant ?

A. Un piano ? tu nous ruines, malheureux ! Et les danseuses ?

B. J'amènerai Glady.

C. Il n'y a plus d'enfants. Et toi, B ?

B. Je ne danse jamais ; du reste je n'ai pas d'autre habit que ce vieux pardessus et Phémie est malade.

A. Qui te parle d'habit ? En ai-je un moi ?

C. Ne te permets plus de pareilles observations. — Je te prêterai Maria.

B. Très bien, mais le piano ? En sais-tu toucher ?

A. Quand je dis piano, j'entends une harmonium ou un orgue de Barbarie. Rien n'est plus commode que ce dernier instrument : tu tournes une manivelle et tout est dit. — Je connais précisément un hidalgo ruiné qui nous prêtera volontiers son meuble.

B. Tu es un homme précieux, mais que boira-t-on ensuite ?

A. Vous n'avez que des penchants ignobles. Nous pourrons largement satisfaire nos convives. — On m'a rendu ce matin 23 sous et en allongeant un peu, ça nous fera facilement cinq litres d'excellente bière.

C. La bonne du confiseur me marque quelque affection. — Je me charge des gâteaux.

A. et B. Notre soirée sera splendide.

C. Et l'éclairage ? Je n'ai plus de bougies.

B. N'ai-je pas ma lampe à huile de pétrole ? Il est vrai que l'odeur n'en est pas fort agréable, mais avec les garçons il ne faut pas se montrer trop difficile. — Nous la placerons sur le secrétaire pour éclairer la pièce. Mon pardessus servira de rideau à la fenêtre et nous mettrons sur la commode le buste de Ricord.

C. Il n'a plus de nez, malheureux !

A. C'est un invalide de la science.

B. Je lui prêterai ma pipe pour la cérémonie.

C. A propos, fumera-t-on ?

A. Naturellement, sans cracher sur les meubles.

B. La fumée incommode Phémie.

A. et C. Raison de plus.

B. Elle s'habituera peut-être.

C. Vous savez que je fournis les cigares ?

A. Il a fait un héritage.

B. Il a plusieurs oncles en Amérique.

C. « Plût aux dieux, chers amis. » Le cousin de la marchande a tout simplement connu un parent éloigné du père de mon tuteur.

A. On veut trop s'amuser ; j'en ai soif d'avance.

B. Glady boit beaucoup et la bière ne lui va pas.....

A. et B. Nous l'enverrons à l'antichambre avec le cousin de Limoges.

B. Quelqu'un connaît-il un grand morceau de chant ? Y a-t-il parmi vous un ténor ?

A. et C. Moi ! moi !

B. Voyons ! commence A.

A. C'est la *Juive*, le grand morceau, l'échec des ut de poitrine ! Écoutez-moi ça avec recueillement et conviction. (Il chante.)

B. et C. C'est hideux ! c'est épouvantable ! un vrai guet-apens.

A. Vous êtes deux burgraves. (Il continue.)

B. et C. Assez ! c'est trop ! à la porte !

C. A mon tour ! Je réclame le silence. C'est la valse du *Trouvère*. (Il chante horriblement faux.)

A. et B. (Se bouchant les oreilles.) Autant la complainte de Fualdès, en mal. Assis ! suffit ! assis ! assis !

C. « Où donc, mon Dieu, le goût s'est-il réfugié ! » (Avec gestes !)

B. Je n'ai pas de voix, comme vous, à peu près, mais je sais par cœur 2 ou 3,000 vers que je déclame à ravir. C'est tout ce qu'il y a de mieux dans Racine, Corneille, Boileau, Volt.....

A. et C. C'est un classique ! à bas ! à la porte !

B. Je connais mon Millevoye sur le pouce,

A. Les Feuilles mortes ! Je te vois venir ! Assez ! à la porte !

B. Je sais le Lac d'un bout à l'autre.

A. et C. Assez !

B. Vous êtes deux Philistins.

C. Tu en es un troisième, regarde moi ça ! (Il traverse la pièce avec un fauteuil de chaque main, à bras tendus.

Il recommence avec A et B sous chaque bras. (Applaudissements frénétiques.) Je crève de soif maintenant.

A. Attends un peu, nous boirons ce soir. (Il chante à tue-tête la chanson de Musette et fait des poses devant des fragments de glace.)

B. Hurle les deux gendarmes.

C. Appelle par la fenêtre un joueur d'orgue.

A. Décidément notre soirée fera du bruit. Bou ! je ne trouve plus mes 23 sous.

B. et C. Il les a placés, le ladre !

A. On me les a volés ! Je vais chercher un sergent de ville : videz un peu vos poches, s. v. p. Pardon ! pardon ! ils étaient dans la doublure.

B. et C. Des excuses, des excuses !

A. De quoi ? « Mon grand cœur ne saurait s'abaisser à l'excuse ! »

B. et C. Buvons-les et que ça finisse !

A. Buvons-les donc, indignes amis ! Et ce soir ?

C. Et le cousin de Poitiers ?

A. et B. C'est vrai ; je n'y pensais plus !

C. Surtout soyez convenables avec les dames.

LE

BARON DE ROCHECASTEL

COMÉDIE-VAUDEVILLE

EN UN ACTE

LE BARON DE ROCHECASTEL,

GABRIELLE, nièce de M. Duval,

MAURICE, ami du baron,

VAN BRENNOECK, généalogiste,

UN HUISSIER, son clerc,

M. CRETONNET, marchand,

BAPTISTE, domestique du baron,

M. DUVAL, oncle de Gabrielle.

LE

BARON DE ROCHECASTEL

SCÈNE PREMIÈRE

Le baron seul. — Je ne croyais cependant remonter qu'à Philippe-Auguste ! Quel bonheur j'ai eu de tomber sur cet ouvrage plein d'érudition et de talent ! (relisant). « Il est fait mention à la page IV du tome XXVII du 3ᵉ volume de l'*Histoire des Croisades*, d'un sieur de Rochecastel, blessé en 1103 en Palestine. — A notre avis les barons actuels de ce nom ne sortent pas d'une autre souche, bien qu'on ne retrouve leurs traces qu'à la bataille de Bouvines, etc. »

C'est bien cela, et je vais dès aujourd'hui faire ajouter quelque chose à mes armoiries, un turban, par exemple, un croissant, si l'on veut ! Voilà qui est transparent et n'importe qui, pourra deviner au premier coup d'œil que ma noblesse remonte aux croisades. (Il sonne.)

SCÈNE II

BAPTISTE. — LE BARON.

Le baron. — Sais-tu, Baptiste, ce que je viens de trouver dans ce gros livre ?

— Ma foi, monsieur, je serais fort embarrassé de le dire.

— Eh bien, regarde ce passage et lis cela tout haut, sans te presser et d'une manière intelligible.

— Lisant : « Il est fait mention à la page, etc. »

— Eh bien ! que te semble maintenant de la noblesse de ton maître ?

— Monsieur le baron doit être enchanté d'une semblable découverte, — elle prouve son illustre origine et je m'étonne qu'avec des ancêtres qui remontent à 1103, monsieur, ne soit que baron : il y a des comtes et même des ducs qui ne doivent pas être d'aussi antique noblesse.

— Il y a même des princes, Baptiste.

— Assurément.

— Je n'ai pas besoin de te dire que j'ai droit maintenant à de nouveaux égards de ta part, et j'espère qu'à l'avenir tu seras moins tenace à l'endroit de tes gages.

— J'ai deux enfants à nourrir, monsieur le baron, et je vous promets qu'il me serait fort agréable de vous servir gratis si la chose se pouvait faire. — Je voulais précisément vous parler aujourd'hui d'une bagatelle, comme vous dites. Vous savez qu'il m'est redû 150 écus de l'an dernier, plus la gratification que vous m'avez promise, et...

— Va, va, ne crains rien, Baptiste. Je suis le baron de Rochecastel, et tu ne devrais jamais te plaindre de ces détails insignifiants. Plus tard tu seras mon intendant et j'aurai soin de ta famille. — Laisse-moi seul, il faut que je relise attentivement ce passage.

SCÈNE III

Le baron. — Ce nom de Rochecastel vient probablement d'un château fort placé au sommet d'une montagne et baptisé par mes aïeux. Je vois d'ici la grande

avenue de marronniers, les murs crénelés, les ponts le-
vis et la potence féodale. Quel bon temps c'était là !
Que sont devenus nos droits, nos privilèges, notre pres-
tige ? Hélas, tout cela est aboli sans retour peut-être !
on condamne un baron comme un simple bourgeois, et
le premier juge de paix venu peut nous envoyer en cour
d'assises. Cependant... — On sonne. — Allant ouvrir.
« C'est peut-être le marquis. »

M. Crétonnet. — Mes compliments, monsieur Rochecastel. Comment va cette santé ? pas mal, à ce que je
vois, hein ? On est donc revenu de la campagne ? (Il
s'assied.)

— Je devine le motif qui vous amène et j'allais vous
faire prier de passer chez moi, car j'ai à vous annoncer
une nouvelle qui vous intéresse.

— C'est sans doute pour cette note que je...

— Oui et non — Non, car je ne suis pas encore en
mesure de la régler ; oui, car cette fois vous n'avez plus
guère à attendre. Tenez, pour vous en convaincre, lisez
ce passage qui me concerne « lisant... »

Le baron bas. « Il lit cela comme un article sur les
sucres. Quelle brute ! »

M. Crétonnet. — Quel rapport y a-t-il entre ces
quatre lignes et le paiement de mes fournitures ? En
vérité je n'y suis pas.

— Comment ! vous ne voyez pas que je remonte à
1103 ? vous ne voyez pas que mes ancêtres se sont dis-
tingués aux croisades et que, par conséquent ma fortune
est assurée ?

— Votre fortune est assurée, parce qu'un Rochecastel a été tué en 1103 par les Sarrasins ? J'y suis moins
que jamais.

— Votre intelligence étroite et vos idées bourgeoises
ne saisissent pas la portée de ce document dont je veux
bien vous développer toute l'importance. Je suis noble,
archi-noble, — je me présente à la cour, — je me bats
une ou deux fois en duel, — je compromets une du-
chesse et je l'épouse. Est-ce clair ?

— J'étais loin de m'attendre à être le créancier de Godefroy de Bouillon, mais, sans le mépriser, j'aimerais mieux une lettre de change sur la maison Rothschild. Je suis loin de révoquer en doute l'antiquité de votre famille. Elle peut même être antérieure à Charlemagne, et je n'y vois aucun inconvénient, cependant les écus d'un roturier valent mieux que le crédit d'un prince.

— Ce que vous dites là prouve votre misérable origine, votre basse extraction. Un gentilhomme, fut-il pauvre comme Job, ne changerait pas son blason contre des sacs d'argent. — Je parle d'un gentilhomme digne de porter ce nom et mes parchemins, comme vous les appelez, me sont plus précieux sous leur poussière que tous les ballots de votre boutique !

— C'est possible ! mais revenons au but de ma visite. Il m'est dû par vous 4,235 fr. 55 c., et j'ai besoin d'argent dans mon commerce, avec les intérêts cela me fait une somme assez ronde, et j'espère que vous serez assez obligeant pour m'éviter une nouvelle démarche qui serait moins conciliante. Les écus, voilà mes titres ! Puissent les vôtres vous rapporter une jolie dot et vous rappeler la petite note de votre serviteur. (Il sort.)

Le baron. — On te la paiera, misérable, on te la paiera ! La patience allait m'échapper et tu peux remercier ton heureuse étoile. — Est-il permis d'avoir à faire à de semblables drôles ? de l'argent, encore de l'argent, toujours de l'argent ! Et c'est aujourd'hui la fin du mois ! Je vois d'ici le défilé ! (Sonnant.)

Baptiste : « Si quelqu'un vient me demander, tu diras que le marquis de Rochecastel est à la campagne. »

Baptiste à part. (Il est marquis, il a une campagne ! Je vois venir les fournisseurs. (Il s'en va.)

Le baron, le rappelant. — J'oubliais une commission. — Envoie de suite chez monsieur Van Brennock, rue Saint-Honoré, 12, et dis lui qu'il est attendu chez le comte de Rochecastel.

— (Le voici comte, cette fois. Très bien, monsieur le comte.

SCÈNE IV

LE BARON. — MAURICE.

Le baron seul. — Enfin, la fortune paraît me sourire. Mes créanciers, il est vrai, prennent envers moi des allures insolentes, mais sous peu j'espère être en mesure de combler mes nobles déficits. Ce misérable marchand m'a donné des démangeaisons de le jeter moi-même à la porte, mais c'eût été compromettre ma dignité. Patientons, la *question* reviendra. (Il reste un moment pensif.) Chère Gabrielle!... Gabrielle Duval! Duval! Un Rochecastel! Je l'aime cependant, je l'aime beaucoup, mais du fond de leur tombe, mes aïeux m'eussent maudit! La pauvre enfant ignore sans doute quelle injure sanglante je ferais à ma famille en m'unissant à une bourgeoise. Si l'on trouvait au moins parmi ses ancêtres, un vieil homme de robe ou d'épée, mais non! tous marchands depuis le trisaïeul! c'est dommage pourtant! Gabrielle serait digne d'être ma femme s'il elle n'avait eu le malheur de naître dans une condition aussi infime. (Regardant le portrait.) Oui, c'est bien le plus angélique visage que l'on puisse contempler, — que d'innocence sur ce front si pur, que de jeunesse dans ce frais regard! Si ce nom roturier s'écrivait au moins du Val, en deux mots, la comtesse du Val, la duch....

(On entend du bruit à la porte.)

Maurice entre, l'air animé. — Il n'est pas permis, mon cher, d'avoir un valet aussi grossier. — Figure-toi que ce drôle voulait absolument me défendre l'entrée de ta porte. Je n'ai pas un visage de recors, que diable! et je viens assez souvent chez toi...

— Je te demande pardon pour lui, cher Maurice; je lui avais effectivement donné l'ordre de ne laisser entrer personne, mais ceci ne regardait que certaines gens d'obscure origine qui viennent assiéger ma porte à toute heure. Excuse donc cet imbécile et dis-moi vite quel est le motif qui me procure l'agrément de ta visite. — J'ai fait moi-même une découverte que j'ai hâte de t'annoncer, et...

— Ne devines-tu pas un peu de quelle part je viens, heureux mortel !

— Pas du tout, je t'assure.

— Eh bien ! je vais te mettre sur la voie tout bas à l'oreille.)

Tu peux parler haut. — J'aimais Gabrielle Duval, c'est vrai et j'eusse été heureux de l'épouser hier, mais aujourd'hui, c'est impossible.

— Tu la refuses ? ma cousine ? ma cousine Gabrielle ? Et moi qui l'ai surprise ce matin à effeuiller des marguerites ! Mais non, tu es fou ! hier encore...

Le baron. — Je parle sérieusement ; pour te convaincre que j'ai toute ma raison, ouvre ce livre, page 119, recto, ligne 9.

Il lit. — « ...... » J'ai lu. Je te répète, un de nous deux est fou, — je n'y comprends absolument rien, et je te supplie de me donner le mot de l'énigme.

— Comment ! tu n'as pas vu qu'un Rochecastel avait été tué en 1103 en Palestine ! Je suis donc à même de faire valoir mes droits à un titre plus élevé. Remontant aux croisades, et seul mâle de ma race, je dois avoir à la cour quelque honorable emploi. Je sais peu de gentilshommes qui remontent à cette époque (1103), et cependant je me connais en fait de blason.

— Écoute, mon cher ami, tu es encore plus fou que je ne le supposais, et ta folie est d'autant plus étrange que personne ne lui donnerait pour cause la découverte d'un titre futile, — maintenant surtout, car tu le sais, les affaires sont en très mauvais état. En vain j'ai sollicité pour toi toute la matinée, — le carrossier doit être payé aujourd'hui même, — il ne veut rien entendre, et mes promesses n'ont fait que l'irriter d'avantage. — Je suis désolé de te voir fureter dans ces bouquins quand les huissiers sont à ta porte. — Tu vas perdre par un préjugé absurde un trésor dont je te reconnais indigne !

— Tes paroles ne détruiront pas les convictions de ma vie entière, et je te prie de respecter mon légitime orgueil. Je garde ces idées qu'un bourgeois ne saurait comprendre et que je mets au-dessus de toute considération. J'aurais droit de me fâcher de tes expressions blessantes, mais je te les pardonne, parce que l'amitié les a dictées. — Laisse donc ma folie en repos et restons bons amis. — J'attends ici Van Brennock, et nous avons à faire ensemble des recherches qui pourraient l'impatienter. — Aussi bien j'ai la tête cassée par toutes les tracasseries de la journée et je te prie en ami de ne point augmenter mes ennuis en les renouvelant par des discussions interminables.

— Je prends la chose en plaisantant, notre amitié l'exige. Je me retire donc, et souhaite de tout mon cœur l'accomplissement de tes rêves dorés. Adieu. — Il sort. (A Baptiste — il écrit.) Tiens, porte ce billet à Van Brennock — il lui glisse un louis — as-tu compris ? — parfaitement, j'y cours.

SCÈNE V

GABRIELLE. — MAURICE.

Gabrielle, brodant. — Il est trois heures et il n'est pas encore venu. Mon Dieu ! que la journée m'a semblé longue. Par quel moyen chasser l'ennui en attendant sa visite ? J'ai déjà bien des fois consulté les marguerites, mais je vais recommencer et voir si décidément il m'a oublié. Les hommes sont si trompeurs et si volages, dit-on ! (Effeuillant) Il m'aime, un peu, beaucoup... pas p... d... pas du tout !! Vilaine fleur, je te déteste, car tu mens ; oui, tes oracles sont ridicules, et je n'en fais pas plus de cas que tes pétales flétris ! (elle les jette avec colère). Aussi, pourquoi se fier à une pauvre innocente fleur ? *Passionnément* un jour, *pas du tout* le lendemain, comment concilier cela ? Quel intérêt a cette pauvre marguerite à me dire l'un plus tôt que l'autre? Allons,

je suis une folle. Oui, il m'aime toujours et mon cœur
me dit qu'il fera mon bonheur.

(Reprenant sa broderie, à demi rêveuse.) J'aime
bien aussi mon oncle, mais ce n'est plus comme cela que
j'aime mon Frédéric! oh non! c'est un sentiment tout
autre qui remplit mon cœur d'ivresse. Je passe des
heures entières à songer à lui, son image remplit mes
rêves, et à mon réveil, les paroles qu'il a prononcées en
me quittant, résonnent encore à mes oreilles. Mon oncle assure qu'il est sans fortune et on lui reproche un
profond dédain pour la bourgeoisie. Cependant, je ne
suis qu'une bourgeoise et il m'aime! oui, il m'aime et
c'est un noble cœur. Je demande à Dieu tous les jours
de savoir le rendre heureux. (Prêtant l'oreille.) Ce n'est
pas encore lui, non, c'est Maurice, je reconnais son pas
pesant.

Maurice — Bonjour, chère cousine, pardonnez-moi
de m'introduire auprès de vous aussi brusquement. —
Il faut que nous soyons seuls, et je profite de la première
occasion qui se présente pour vous rendre un service.
Je vais directement au but, car je suis pressé! Vous
sentez-vous le courage d'apprendre une mauvaise nouvelle.

— De Frédéric?

— De lui-même, c'est mon amitié pour vous qui m'engage à vous l'annoncer avant tout autre, mais...

— De quoi s'agit-il, vous m'effrayez; parlez-donc,
je vous en supplie?

— Voici la chose. Je sors de chez Frédéric, et tout en
arrivant, je lui ai parlé de vous. Contre mon attente, il
m'a paru indifférent et fort embarrassé. — Tout en élu-
dant mes questions par des paroles évasives, il finit par
m'apprendre les causes de sa brusque froideur. En
feuilletant un vieux bouquin, le hasard lui a fait découvrir le nom d'un Rochecastel, tué en 1103, en Palestine.
Voilà un malheureux transporté, hors de lui; il se voit
déjà comte, marquis, duc, que sais-je? et à la tête des
plus hauts emplois; mais voici le vilain côté de sa folie,

— il ne pense plus à certaines promesses que je n'ai pas besoin de vous rappeler...

— Je comprends, achevez : il me reste assez de courage pour tout entendre.

— Pardonnez-moi, chère cousine, de renverser aussi brutalement l'édifice de vos rêves dorés. Si j'ai ouvert la blessure, je vous demande la permission d'y apporter le remède. Je vous le dis, bien qu'il m'en coûte (en la regardant avec passion), Frédéric est généreux et sensible, et si vous avez en moi assez de confiance, je vous promets de ramener à vos pieds cet amant égaré. Laissez-moi faire et suivez de point en point les instructions de votre oncle.

— Mon courage ne peut se prêter à de nouvelles épreuves. — Laissez-moi pleurer dans le silence un si lâche abandon. — Pleurer ! je n'ai pas même le soulagement des larmes. — Je vous en prie, Maurice, laissez-moi seule.

— Vous êtes une enfant, Gabrielle. Je vais jouer pour vous la partie et je la crois gagnée. — Dans le dénouement que je prépare, vous aurez le plus beau rôle et il serait inhumain de vous y refuser, car il s'agit de la guérison d'un fou. Adieu, donc : à bientôt et courage !

SCÈNE VI

BRENNOECK. — FRÉDÉRIC

Brennoeck (accent étranger.) — On m'a fait appeler, monsieur, et je suis aux ordres de M. le marquis de Rochecastel.

— Pardon, monsieur ! je suis baron et non marquis, jusqu'à ce jour, du moins.

— Quand je dis marquis, je sais à quoi m'en tenir, et j'ai mon orgueil tout comme un autre. Depuis 43 ans je m'occupe de science héraldique. Aussi, quand je donne un titre à un de mes clients, c'est en connaissance de cause. Or donc, si je vous appelle monsieur le marquis, c'est que le tome XXVII *(de origine titulorum)* page 54, m'autorise à le faire.

— J'étais donc marquis sans le savoir !

— Écoutez donc ! A la page IV du tome XXVII, il est fait mention d'un Rochecastel tué en 1193 en Palest.....

— Mais c'est pardieu vrai ! c'est étrange, aussi !!

— Ce n'est rien. Dans un vieux manuscrit découvert à Rouen, il est prouvé qu'un de vos aïeux était grand veneur de Childéric. Grâce à mes études incessantes, je tire chaque jour de l'oubli des noms illustres et ignorés. Hier encore, j'ai fait trois comtes, deux barons, quatorze chevaliers et treize vidames, — le tout établi d'une façon indiscutable. — Demain je vous enverrai les titres en bonne forme de votre descendance, à moins qu'il ne m'arrive un surcroît de besogne. Aujourd'hui, malgré nos désastres, les titres sont très recherchés et mon portier lui-même a voulu avoir sa généalogie. Croyez-vous que le drôle descend en ligne directe du premier garçon du coiffeur de la dernière maîtresse du second valet de François Iᵉʳ, mais, je bavarde; à bientôt, monsieur le marquis, une dernière visite. — Tous vos titres seront en règle. (Il le reconduit avec force salutations.)

Le baron seul. — Quel talent ! quelle science ! on voit au premier coup d'œil qu'une érudition immense se cache sous ces dehors vulgaires. La belle tête de savant ! Prouver qu'un homme remonte à Childéric, et cela sans qu'on puisse contester un iota ! c'est prodigieux ! Il me semblait bien aussi que je n'étais point de ces hobereaux vulgaires qui peuvent à peine produire quatre ou cinq quartiers. Je sentais dans mon sang je ne sais quoi qui me portait aux grandes choses et me présageait de hautes destinées. Noblesse oblige, dit le proverbe, eh bien ! par les mânes de mes ancêtres, je saurai me montrer digne de l'héritage qu'ils m'ont laissé ! (Devant une glace et s'animant par degrés.) Oui, dirai-je à mon roi, quand il ne remettra les insignes de mes dignités nouvelles, oui, grand prince, les Rochecastel n'ont jamais failli; ils m'ont transmis de père en fils un nom immaculé! Les principes d'honneur qu'ils ont versés dans mon sang, feront toujours de moi le plus fidèle serviteur de Votre Majesté. Depuis Childéric jusqu'à ce jour, le Dieu des Francs a protégé ma race pour le soutien des trônes!!

(On entend du bruit au dehors.) — Baptiste entre effaré. — On entend ces mots : « ouvrez, au nom de la loi. »

Baptiste. — Monsieur, c'est la justice, nous sommes perdus.

Le baron. — Sois sans crainte, elle ne peut rien à un Rochecastel.

SCÈNE VII

UN HUISSIER ET SON CLERC — BAPTISTE, ETC.

L'huissier (avec des révérences). — Monsieur, nos fonctions sont pénibles à remplir, mais il faut que la justice ait son cours. Voici nos ordres (il lit) « À la requête de J. Quartaul et après plusieurs sommations par lui faites audit sieur de Roch...

Le baron. — Messieurs! on ne viole pas ainsi le domicile d'un Rochecastel et je vais vous châtier de votre imprudence.

L'huissier. — Monsieur! prenez garde à vos paroles, et surtout n'en venez pas aux actes (quand même nous y sommes) la loi est pour nous, le droit aussi, et je vous prie de ne plus interrompre la lecture de l'arrêt qui vous concerne.

Le baron. — Misérable! (il prend une épée à une panoplie.)

Tout beau! tout beau! monsieur le baron. — Nous avons en bas quatre hommes armés qui auront facilement raison de vous, — ainsi, pas de violences ou j'ap pelle. Je continue donc (il brise son épée.) Après sommation par lui faite audit baron de Rochecastel, lequel a refusé et toujours éconduit le requérant, lequel est créancier envers le susnommé d'une somme de 6,432 fr. 65 c., en tout avec les frais 6,824 fr. 75 c., faisons saisie de ses meubles meublants, linge et bijoux, jusqu'à concurrence de ladite somme, au nom de la loi d'une part :

« Id. pour le sieur Cretonnet, d'une somme de 4,235 fr. 25 c. pour fournitures diverses, ci-dessus détaillées, et pour refus de paiement, à la demande desquels deux il va être procédé à l'inventaire des objets appartenant au susdit baron de Rochecastel, pour être vendus à la criée et le prix d'iceux réparti à qui de droit, sans préjudice des frais de saisie. »

(Le marquis reste anéanti, la tête dans ses mains.)

L'huissier à haute voix, à son clerc :

1. Une pendule Louis XV, en bon état, ci   150 fr.
2. Une étagère acajou, usagée, ci. . . . .   80 »
3. Quatre tableaux de genre, modernes,
   sepins, ci . . . .   400 »
4. Un portrait de femme, moderne, ci. . .

(Le baron se réveillant, comme d'un rêve !)

Le portrait de Gabrielle ! jamais ! Vous m'arracherez plutôt la vie ! Le portrait de Gabrielle, misérables ! vil huissier, en garde ! Plus d'épée ! je vous en supplie, je vous en conjure ! prenez tout, traînez-moi en prison, mais laissez-moi presser sur mon cœur cette douce image, ne profanez pas cet ange que j'ai méconnu et dont j'étais indigne. Misérable folie ! fatal aveuglement ! Messieurs, je suis à vos ordres ! (Il pleure.)

(Le clerc enlève son masque et le baron reconnaît Gabrielle.)

Il tombe à genoux et reste sans parole aux pieds de Gabrielle. Elle le relève avec bonté. — L'huissier n'est autre que l'oncle, qui se fait aussi connaître.

Allons, allons, qu'on se relève, ce rôle d'huissier m'é-
chauffe d'une manière incroyable. — A Frédéric : « Vous
m'avez mis tout en nage, maudit baron.

Frédéric. — Je renonce volontiers à ce titre, mais
vous me devez une revanche !

Gabrielle. — Je vous la donnerai, Frédéric.

(Ils s'embrassent avec effusion.)

Maurice. — J'accepte tes excuses, vilain coucheur. —
Que penses-tu de Van Brennoeck ?

Dans la coulisse. — Baptiste. — Aurai-je cette fois
mes 150 écus ?

A MA PIPE

Il n'est pas trop tôt, ma chère pipe, que je te remercie des nombreux services que tu m'as rendus et de la fidélité que tu m'as gardée. Je t'ai vue toujours prête à partager mes chagrins et à augmenter mes plaisirs. Ta jolie tête, couleur d'ébène a fait bien des curieux. Pour te ravir à ton maître on a employé souvent la ruse et quelquefois la violence, mais tu as su échapper à la main des ravisseurs et garder la première place au milieu de cent rivales.

Sans être jalouse d'elles, tu n'as jamais refusé à mes lèvres ton bon-pain d'ambre odorant et dans la fumée bleue qui s'échappe de tes flancs, je revois encore aujourd'hui les rêves dorés de ma jeunesse. Les savoureux tabacs du Levant n'étaient point faits pour nous, mais ceux du pauvre prenaient dans ton vaste fourneau les plus délicieux parfums.

Aussi, quels soins ne prenais-je pas de toi? Avec quelle tendre sollicitude ne te renfermerais-je pas dans ton étui de satin? Une mère ne berce pas avec plus d'amour, dans son petit nid de dentelles, le baby blond et rose qu'elle endort en chantant.

J'ai eu de nombreux amis, tous m'ont quitté par

lassitude ou par ennui, toi seule est restée pour me consoler de leur perte. Comme un vin généreux qui perd sa couleur avec les ans, tu as dépouillé ta robe blanche pour revêtir un sombre manteau et la flamme a tracé sur ton front ce diadème d'un noir éclatant : C'est ta couronne de fiancée et je suis fier de la voir briller sur ta tête, car jamais profane n'y attacha une fleur.

Quand les hivers auront blanchi mes cheveux, quand mes doigts tremblants ne pourront plus te maintenir dans ma bouche dégarnie, puisse le ciel m'envoyer des neveux dignes de te posséder et capables de trouver en toi une maîtresse qui les console de leurs illusions perdues.

PENSÉES

ET PARADOXES

A notre époque, une seconde Ève ne se laisserait pas tenter par une pomme vulgaire ; il faudrait au moins qu'elle fût d'or.

Les femmes seules ont jeté le désordre parmi les ouvriers de la Tour de Babel.

Défiez-vous de votre ami ; s'il ne vous demande pas d'argent à emprunter, — il se propose de vous en voler.

L'ivresse adoucit nos chagrins pour les rendre plus cuisants au réveil.

Sur cent personnes qui regrettent d'avoir mal employé leur temps, quatre-vingt-dix-neuf feraient aussi mal si elles pouvaient recommencer.

Le plus terrible ennemi de l'homme, c'est la femme.

Si nous aimons tant le chien, c'est parce qu'il lèche la main qui le frappe.

L'esprit consiste à faire croire que les autres n'en ont pas.

L'amour est aveugle et ses amis marchent souvent aux crosses.

Nous ne valons que par ce qui manque à autrui.

Il faut être riche pour faire un bon éloge de la pauvreté.

La jalousie est un mal affreux, parce que l'amour-propre est en jeu.

Criez : au feu ! la femme emporte son miroir.

Un bouquet d'oranger ressemble à une enseigne de cabaret, tous deux promettent plus qu'ils ne tiennent.

Si la révolution fait horreur aux dames, c'est qu'elles regrettent le droit du seigneur.

Tous les fardeaux se supportent mieux à deux ! Et le mariage ?

L'homme qui travaille pour parer sa maîtresse ressemble au porc qui trouve les truffes.

L'admiration des sots a fait bien des renommées.

Sur dix hommes, s'il y avait un sage, les neuf autres se ligueraient contre lui.

Il y a toujours foule sous la guillotine, le prix Monthyon se donne sans témoins.

Le monde serait parfait s'il valait ce qu'il croit valoir.

Quand on est heureux, on oublie vite le malheur de ses amis.

L'ami qui nous aide de ses conseils dans les moments ordinaires, est un véritable ami, s'il nous offre son cœur et sa bourse dans les moments difficiles.

La haine d'une femme laide est implacable.

Jamais femme n'est plus caressante que lorsqu'elle nous a trompés.

A grand cœur fol amour.

Nous aimons mieux être loué d'un défaut brillant que d'une qualité discrète.

Jamais bon médecin ne se soigna lui-même.

La jeunesse pèche par étourderie, la vieillesse par entêtement.

Vous représentez la justice les yeux bandés, mettez lui encore du coton dans les oreilles.

Si les femmes étaient muettes elles vaudraient presque les hommes.

Les plus grandes découvertes nous apprennent que nous ne savons rien.

Si une femme pleure, son amie rit et réciproquement.

Je songe parfois en tremblant que je pourrais être empereur ou roi.

L'estomac est le point de départ de nos passions.

Les pyramides d'Egypte sont la plus grosse preuve de la bêtise humaine.

Faire un faux pas (style artiste) contempler les feuilles à l'envers.

Les petits cadeaux entretiennent — l'envie d'en recevoir.

Imbécile, celui qui ne pense pas comme nous.

Qui aime bien, — châtie mal.

Nous quitterons toujours un ami sincère pour un inconnu complaisant.

L'amitié la plus solide est celle qui se base sur une suite de concessions mutuelles faites à l'amour-propre.

Pour avoir la guerre en horreur, il suffit de songer qu'un homme de génie peut être tué par un idiot.

Il faut qu'une femme soit bien laide pour que son amie intime ne médise pas d'elle.

En accordant trop d'esprit aux femmes, on s'expose à être trompé par leur sottise.

Si vous aimez le bleu, dites à votre femme de porter du jaune.

Emplissez votre maison de chats si vous aimez les chiens.

EN WAGON

INSTRUCTION POUR VOYAGER.

(Si vous montez dans un wagon où se trouve une dame seule, vous asseoir directement en face d'elle, prendre un air insolent et entamer la conversation d'une façon spirituelle, en ces termes, par exemple :)

Le monsieur. — La fumée du cigare vous incommode-t-elle, madame?

La dame. — Elle me cause d'affreux maux de tête, monsieur.

— Alors, je me contenterai de ma pipe, c'est de la pure écume (il exhibe son arsenal et fume tranquillement.)

— Autrefois on était plus poli, monsieur (toussant.)

— Autrefois on ne fumait pas, madame.

— Il faut être vraiment bien forcé de voyager pour s'exposer à d'aussi singulières rencontres.

— C'est mon avis, madame.

— Non-seulement, vous êtes impoli, vous devenez insolent, monsieur.

— Outre cela, madame, je suis encore très franc, et j'avoue que je vous trouve charmante.

— Sortant de votre bouche, c'est une nouvelle grossièreté, monsieur, — aussi bien je vous engage à ne plus m'adresser la parole et je maudis la mauvaise chance qui place sur ma route un électeur de Belleville, sans doute.

— De Charonne, madame. Savez-vous que votre pied est charmant.

(Elle quitte sa place et se réfugie à l'autre extrémité du wagon. — elle ouvre une portière et regarde la campagne. — Le monsieur ouvre la portière opposée, ce qui produit un courant d'air insupportable. — Apercevant un panier :)

Le monsieur. — Dans votre brusque déménagement, belle inconnue, vous avez oublié ce léger colis, — du saucisson à l'ail, du Marolles, sans doute avec le biberon indispensable. — Permettez-moi de déposer le tout à vos côtés. — Là, très bien ; maintenant, Madame, service pour service, ayez l'obligeance de fermer votre portière, je souffre horriblement de la poitrine.

— Cherchez-vous à me pousser à bout, monsieur.

— J'en serais enchanté, madame.

— Il y a des commissaires de surveillance, prenez-y garde, monsieur.

— Il y a des wagons pour dames seules, madame.

— Je l'ignorais, monsieur.

— Madame est de Brives-la-Gaillarde ?

— Cela vaut Charonne, monsieur.

— C'est plus loin de Paris, madame.

— Tant mieux, monsieur.

— Auriez-vous une dent contre la capitale, belle dame ?

— Votre insupportable rencontre m'y autorise, monsieur.

— Pensez-vous que la vôtre me produise une excellente impression ?

— J'en serais désolée, monsieur.

— Vous y avez tâché pourtant, belle dame.

— Une fois pour toutes, monsieur, veuillez mettre un terme à vos impertinences. Je n'y attache aucun prix, c'est vrai, mais comme votre pipe, elles me soulèvent le cœur.

— Vos provisions de bouche me causent d'effroyables nausées.

— Ce sont des livres, monsieur.

— Alors, c'est de la littérature bien avancée, madame.

— Des mots ! vous êtes complet, monsieur.

— Tiens, vous avez compris ? mais c'est charmant. Comment laisse-t-on voyager seule une personne d'autant d'esprit. Car enfin on ne sait à quoi l'on s'expose en chemin de fer ; voyez Poinsot, le docteur James et cent autres que je vous citerai.

— Inutile, monsieur. — Vous m'avez fait connaître d'une manière aussi complète qu'ennuyeuse les embarras des longs voyages.

— Toujours aimable. Cependant, rendez-moi justice. N'ai-je pas offert à vos charmes un éloge spontané et discret ? au lieu de compter les poteaux télégraphiques, n'avez-vous pas écouté ma conversation avec un plaisir non dissimulé ?

— Insolent, grossier et fat, c'est trop pour un seul homme.

— Jolie, aimable et spirituelle, c'est trop pour une femme seule. Poursuivons (elle tousse.) Décidément vous n'aimez pas la fumée de la pipe, — il est vrai que c'est loin de sentir l'iris ou le patchouli, — tiens, vous rougissez ? Aurais-je par hasard mis le nez — sur vos odeurs favorites ? (se rapprochant.) — Décidément vous n'êtes pas une personne vulgaire, et puisque le hasard nous réunit, hasard que je bénis du fond de mon cœur, je vous dirai, madame, que je serais enchanté de savoir où vous faire la cour.

— A Brives-la-Gaillarde, monsieur.

— C'est bien loin de Paris, madame ; mais s'il est vrai que l'amour rapproche les distances, je suis prêt à franchir en vélocipède, les nombreux kilomètres qui nous séparent.

— Vous devenez galant, monsieur.

— Je vais bientôt quitter le train, madame.

— Pour retourner à Charonne, beau voyageur.

— Non, belle dame, je suis homme de lettres.

— Je ne m'en doutais pas, monsieur.

— Vous me flattez, adorable inconnue.

— C'est sans le vouloir, illustre romancier.

Le train arrive en gare, la dame descend. — A une de ses amies qui l'attend : « Adolphe est-il là ? » Se retournant du côté du train, avec un baiser :

— Au revoir, beau voyageur.

— Le bon soir, chez vous, belle dame. A propos votre nom ?

— Devine si tu peux et choisis si tu l'oses.

LETTRE A UNE DAME GENEVOISE

« Madame, si mes cheveux étaient plus noirs et si l'intérêt que je vous porte était moins profond, je n'oserais jamais vous adresser cette lettre pleine de remontrances impertinentes.

Vous êtes née à Genève, madame, et bien que mariée à Paris depuis six mois déjà, vous n'avez pu vous défaire de nombreux ridicules que votre bon goût aurait dû pourtant éviter. Vous savez sans doute qu'il est humiliant partout de prêter à rire ; en France, à Paris surtout, cela est déshonorant. Ayez des vices, ayez-en même beaucoup, c'est très bien, mais gardez vous, pour Dieu, du moindre ridicule.

— « Mais quoi ? me direz-vous ! aurais-je blessé à mon insu les devoirs de la bienséance ou les règles de la politesse ? »

— « Il s'agit vraiment bien de cela ! d'abord il fallait me demander de quelle manière vous aviez manqué aux préceptes du *high life*. Il est du dernier bon ton de mêler à notre pauvre langue une foule d'expressions pittoresques que l'on emploie d'autant plus volontiers qu'on les comprend fort peu. L'anglais surtout, jeté adroitement au milieu d'une phrase insignifiante vous fera de suite remarquer. Mais j'ai d'autres reproches à vous faire et je commence par le plus grave.

Vous aimez votre mari et même vous ne cherchez

pas à déguiser ce sentiment; après six mois d'union! on en rit à se tenir les côtes dans les cercles de la fashion et chacun cite dix portières qui partagent le même faible pour leur époux ! et vous êtes marquise!!

De quel droit conserver sur votre tête ces cheveux qui ne sont point au marchand et pourquoi vous obstiner à garder en public votre teint naturel? Votre couturière a dû souvent rougir pour vous d'une ignorance aussi absolue des usages du beau monde et je m'étonne si jamais elle ne s'est permis à cet égard quelque mordante observation.

Une de vos amies m'a mis dans le secret et je dois vous blâmer bien fort d'une vilaine habitude, rapportée sans doute de votre pays. Je vois d'ici votre table de toilette, couverte à peine de quelques flacons indispensables et je n'aperçois à votre lever qu'une seule femme de chambre mise tout au plus comme une bourgeoise de province! Fi donc, marquise! Que font alors chez les marchands ces quantités innombrables de crèmes, savons, pâtes, cosmétiques, huiles, parfums, essences etc., etc? Et vos revenus, où passent-ils donc ? À votre toilette ? Pourtant une baronne de ma connaissance n'estimait guère à plus de vingt le nombre de vos robes et à plus de vingt mille écus le prix de vos diamants !

J'ai ouï dire encore que vous ne faisiez pas de dettes et que même le marquis se passait d'un intendant qui augmentât ses dépenses. Quel couple assorti, bon Dieu! Vous arrivez donc de Tombouctou, marquise?

Trouvez-moi dans tout le quartier une femme bien née qui fasse maigre le vendredi et assiste à la messe du dimanche! Vous êtes cependant madame, tombée dans ces deux ridicules et je sais que vous n'allez point à l'église pour exhiber une toilette à la mode ou un luxe mondain. Mais peut-être est-ce une calomnie.

Vous avez un confesseur? Naturellement. Je regretterais pour ma part qu'aucun amant ne vous attendît à deux pas du sanctuaire.

Ma portière se lève souvent à huit heures, et comme

vous, elle déjeûne souvent d'un simple bol de café à la
crème. Vous n'avez donc ni bals, ni soirées, ni théâtres,
et votre hôtel se ferme quand on ouvre le gaz ? En
deux mots, marquise, voici ce qu'il en est. La haute
société n'est point faite à ces mesquineries bourgeoises et
le moindre hobereau rougirait de vous avoir pour maîtresse. Cela n'a rien d'étonnant.

Voulez-vous maintenant, après avoir enduré mes
reproches, accepter mes conseils ?

Ne prenez pas au sérieux ces ridicules devoirs d'épouse
et de femme honnête. Ayez des amants, ruinez votre
mari. Montrez-vous partout, au bois, au lac, au théâtre,
aux courses, et dans six mois, quand une *étrangère*
allaitera votre premier né, personne ne dira plus que
vous devez le jour à un honnête bourgeois sorti du pays
où se joue le *Ranz des Vaches*.

LES MÉDECINS

UNE CONSULTATION

1ᵉʳ Médecin. — 2ᵉ Médecin. — Le malade. —
Charlotte (sa femme).

1. M. — Voyons, voyons, où est ce malade ? Est-il vrai que son état ait empiré ?

Charlotte. — Hélas, messieurs, il vient de mourir dans mes bras.

2. M. — C'est impossible, impossible.

1. M. — Évidemment. Il faut alors qu'il n'ait pas été purgé suivant la formule.

Charlotte. — J'ai suivi scrupuleusement vos ordres. (Elle pleure.)

2. M. — Cela m'étonne, cela m'étonne. A-t-il été longtemps dans le délire ?

Charlotte. — Environ 6 heures.

1. M. — Cela me semble incroyable (regardant sa montre), car il est parfaitement démontré que dans ces sortes de maladies, la mort arrive tout doucement, sans secousse, par l'affaiblissement du système vital.

Charlotte. — Mon pauvre homme, mon pauvre cher homme !

2. M. — Ce n'est rien, consolez-vous. Il ne pouvait guérir, et dès les premiers symptômes, j'ai parfaitement vu qu'il ne réchapperait pas.

1. M. — C'était impossible, impossible. En voilà sept que

je vois mourir ce mois-ci de la même manière, et il est fort heureux pour vous qu'il n'ait pas communiqué ses principes morbides, par suite d'une cohabitation permanente, intempestive et insalubre.

2. M. — Insalubre, c'est cela.

Charlotte. — Mes pauvres petits enfants.

1. M. — Vous avez sans doute quelque bien ?

Charlotte. — Chers petits orphelins, qu'allez-vous devenir ?

2. M. — Vous n'ignorez sans doute pas que nos visites...

Charlotte — Ah! mes bons messieurs, je vous jure que je n'ai pas un sou vaillant et qu'aussitôt que je pourrai....

1. M. — Ta, ta, ta! nous ne sommes pas gens à nous déranger gratis, et si notre science a été inutile, nous n'avons qu'y faire. Nous voulons être payés, voilà tout.

2. M. — Voilà tout, certainement.

Charlotte. — Mes bons messieurs, je vous en supplie, ayez compassion de ma douleur!

1. M. — J'en ai bien vu d'autres.

2. M. — Moi aussi, moi aussi. En 184...

1. M. — S'il fallait se payer de belles paroles,

2. M. — Avec des gens qu'on ne connaît pas.

1. M. — Quand on a fait cinq visites...

2. M. — Six...

1. M. — Quand on a fait six visites...

2. M. — Saigné trois fois.

1. M. — Donné quatre purges...

2. M. — Posé les ventouses...

1. M. — Peuh! ils sont tous les mêmes! quel ingrat métier!

2. M. — Encore, s'il y avait de notre faute!

1. M. — Il est bien mort suivant les principes.

2. M. — Absolument.

1. M. — Le troisième jour.

2. M. — C'est cela, il ne pouvait guérir.

Charlotte. — Ayez pitié de moi, mes bons messieurs.

1. et 2. M — Laissez-nous un peu, s'il vous plaît.

1. M. — Je dis qu'il pouvait guérir.

2. M. — Cela ne peut être.

1. M. — Hon ! hon !

2. M. — Comment, hon !

1. M. — Hon ! hon !

2. M. — Comment, il pouvait guérir ?

Charlotte. — Ayez pitié de moi, mes bons messieurs.

1. et 2. M. — Laissez-nous un peu, s'il vous plaît.

1. M. — Je dis qu'il pouvait guérir.

2. M. — Cela ne peut être.

1. M. — Si fait, si fait ! je suis prêt à le prouver.

2. M. — Voyons un peu, monsieur le docteur !

1. M. — Il faut constater d'abord que votre malade...

2. M. — Dites (notre malade), s'il vous plaît.

1. M. — On m'a demandé après vous, — quand il n'était plus temps.

2. M. — Vous l'aviez tué d'avance.

1. M. — Tais-toi donc, apothicaire !

2. M. — On te connaît, vétérinaire !

1. M. — Tiens, voilà pour vétérinaire !

2. M. — Et ceci pour apothicaire ! (Ils se battent.)

Le défunt se lève et prend un manche à balai. Il frappe. Tiens, tiens, voilà pour vous, misérables charlatans, empoisonneurs patentés, marchands de rhubarbe et de séné. Allez au diable avec vos patenôtres. — J'ai failli crever avec toutes vos drogues, et je vous le dis en face, vous êtes deux imbéciles qui ne connaissez pas le premier mot de mon mal. Décampez vite, ou je caresse votre échine.

Charlotte (riant). — Mes pauvres petits orphelins !

1. M. — Va, va, maraud, tu passeras par mes mains.

2. M. — Je lui donnerai le choléra.

1. M. — Et moi le typhus !

Le mari. — Partez vite, crétins, ou gare le balai.

Besançon. Impr. Vve Vallusi et Fils.